Der Duft von Büchern und Kaffee

Liebesroman

J. Vellguth
Der Duft von Büchern und Kaffee – Liebesroman

ISBN-13: 978-1539134480
ISBN-10: 1539134482
Korrektorat: Georgia Räder
Covergestaltung: © Traumstoff Buchdesign traumstoff.at.vu
Covermotiv: © Tess Trunk shutterstock.com

1. Auflage 2016 Brühl

URL: www.JVellguth.de

Der *Duft* von Büchern und Kaffee

Liebesroman

J. Vellguth

Für meine Mama

5 Books

Wie fast jeden Morgen in den vergangenen sechs Jahren schob Amy den Schlüssel in das Schloss der feuerroten Türe. Sie legte die Finger auf das kühle Metall der Klinke und öffnete den Laden.

Ein schwacher Luftzug trug ihr den Geruch von Büchern entgegen. Das staubige Rauchgrau von alten Seiten, die schon von vielen hundert Händen umgeblättert worden waren. Das frische Schneeweiß von gerade ausgepackten Neuerscheinungen. Das würzige Erdschwarz der Tinte von aus dem Druck gegangenen Exemplaren. All diese Aromen mischten sich zu dem heimelig, samtigen Duft eines gerade aufgeschlossenen Buchladens und wurden begleitet von dem sanften Bimmeln der kleinen Türglocke.

Wie jedes Mal durchlief sie ein leiser Schauer, der auf ihrer Kopfhaut begann, ihre Arme hinunterkitzelte und erst in ihren Zehenspitzen endete.

Otis Stummelschwanz wedelte in der Höhe ihrer Wade, er wollte schnell hinein. Sie hockte sich neben der kleinen Dogge hin und kraulte ihm den Nacken.

Auch nach all der Zeit konnte sie noch nicht fassen, dass sie tatsächlich so viel Glück hatte, hier arbeiten zu dürfen. »Guten Morgen!«, rief sie, aber es kam keine Antwort.

Vielleicht war Beatrice zum Markt gegangen oder noch auf ihrer morgendlichen *Runde*. Trotz ihrer 72 Jahre war sie gut zu Fuß und täglich in Greenwich unterwegs.

Amy löste Otis' Leine. Mit einem fröhlichen *Wuff* sprang die schwarze, französische Dogge in den Raum, an dem Tresen mit der uralten Registrierkasse vorbei und zu ihrem Wassernapf direkt neben dem alten Klavier an der Seitenwand. Nach der morgendlichen Bahnfahrt vom anderen Flussufer und dem langen Spaziergang am Hudson entlang hatte ihr bester Freund immer riesigen Durst.

Amy drehte lächelnd das Schild an der Eingangstür auf *geöffnet* und wartete, bis Otis es sich in seinem rot gepolsterten Körbchen gemütlich gemacht hatte. Dann hockte sie sich neben ihn, um ihn ausgiebig hinter den Ohren zu kraulen. Er drückte seinen Kopf in die Liebkosung hinein. »Sieht so aus, als wären wir heute allein. Wenn wir Glück haben, bringt Beatrice dir ein Würstchen mit, was meinst du?«

Sie hatte ihrer Chefin viel zu verdanken. Und zwar nicht nur, dass sie Amy damals überhaupt einen Job gegeben hatte. Welcher rational denkende Mensch hätte sie schon ohne vernünftige Ausbildung eingestellt? Sondern vor allem, weil Otis das Ladenmaskottchen spielen durfte. Der arme Kerl würde vor Kummer eingehen, wenn er den ganzen Tag alleine zu Hause sitzen müsste.

Ja, in vielerlei Hinsicht war Beatrice eher Amys gutmeinende Tante als ihre Chefin und mit ein bisschen Glück würde Amy sogar irgendwann den Laden übernehmen dürfen. Das war ihr Traum: Ein eigener Buchladen.

Aber bis dahin begnügte sie sich gerne mit ihrem momentanen Job, denn Beatrice' Ruhestand lag hoffentlich noch in sehr, sehr weiter Ferne.

Für den Moment war Amy einfach nur glücklich wie es war und hoffte, dass sich einfach niemals etwas ändern würde.

Sie ließ einen prüfenden Blick durch den Laden schweifen. Das Klavier müsste dringend abgestaubt werden, der Leseclub für den Nachmittag wollte vorbereitet sein und hinter dem Tresen wartete noch eine Bücherkiste von gestern darauf, dass Amy sie auspackte. Im Lagerraum war dafür wohl kein Platz mehr, aber darum würde sie sich gleich Gedanken machen.

Jetzt brauchte sie erst einmal einen Kaffee, um sich für den Tag zu stärken und natürlich Frühstück für Otis. Sie zog die Dose mit dem Futter aus dem Rucksack, füllte den Napf und nahm seine Wasserschüssel mit ins Badezimmer.

Dafür ging sie zwischen den hohen Regalen hindurch, auf denen sich die Buchrücken in bunten Streifenmustern aneinanderreihten, und trat durch die unscheinbare Tür in der Rückwand in den kurzen, dunklen Flur. Gleich rechts war das Bad, gerade groß genug für eine Toilette mit einem Waschbecken, das so klein war, dass sie eine Tasse benutzen musste, um den Wasserkocher zu befüllen.

Sie stellte ihren Rucksack hinter den Tresen und brachte Otis seinen Napf, während das Wasser kochte.

Ein Instant-Kaffeetütchen, ein Tütchen Stevia und zwei Tütchen Kaffeeweißer später war ihr Kaffee fertig. Keine Ambrosia, aber wenigstens machte er munter. Während Amy an ihrer roten Lieblingstasse nippte und zurück zum Tresen ging, checkte sie ihr Handy. Beatrice hatte eine Nachricht hinterlassen.

Ich bin bei meiner Schwester in Pennsylvania. Sie ist gestürzt. Melde mich, sobald ich Näheres weiß.

Amy blieb stehen und sah Otis überrascht an. »Seit wann hat sie denn eine Schwester?« Die kleine Dogge legte den

Kopf zur Seite und drehte ihre Ohren aufmerksam in ihre Richtung. Da klingelte die Glocke über der Tür.

Ein junger Mann trat in den Laden und er entsprach so gar nicht dem Klientel, das für gewöhnlich hier vorbeikam. Er trug eine Jeans mit ausgefransten Löchern, eine schwarze Lederjacke über seinem weißen T-Shirt, war groß und schlank. Das braune Haar fiel kurz und durcheinander in seine Stirn, als wäre er gerade erst aus dem Bett gestiegen und er sah sie mit einem lässigen Grinsen aus freundlichen, dunklen Augen an.

Ein warmes Gefühl breitete sich in ihrem Innern aus.

Hinreißend. Absolut sexy und selbstbewusst. Genau der Typ Mann, auf den Amy früher sofort hereingefallen wäre. Dabei war die Wahrheit vollkommen offensichtlich. Schon die Löcher in seiner Hose sprachen Bände darüber, dass er nicht gerade sorgsam mit seinen Sachen umging.

Nein, der wollte nichts Dauerhaftes und hatte ganz sicher keinen festen Job.

Sollte sie doch alle Warnsignale über Bord werfen und sich auf ihn einlassen, würde sie spätestens in drei Wochen ihren Beweis bekommen. Dann, wenn sie völlig am Boden zerstört und ohne einen Penny Geld in der Tasche irgendwo in der Gosse lag – im schlechtesten Fall mit einem blauen Auge oder einem gebrochenen Arm.

Aber nicht mit ihr. Nein. Ihr neues Ich hatte sich endlich eingelebt. Die Wohnung war eingerichtet, sie liebte ihren Job, in dem sogar Otis einen Platz gefunden hatte.

Sie würde das nicht aufs Spiel setzen. Auch dann nicht, wenn er mitten in Greenwich in ihren Laden stolperte mit so einem sexy Lächeln auf den weichen Lippen, dass es ihr altes Ich sofort in die Knie gezwungen hätte.

Amy bemerkte gerade noch, dass sie starrte und riss ihren Blick los.

Stattdessen setzte sie den Kaffee ab, straffte ihre Schultern und begrüßte ihren ersten Kunden mit einem Lächeln. »Guten Morgen, Willkommen in den *5 Books*, kann ich Ihnen helfen?«

»Ich suche Misses Benson.« Seine Stimme war weich und tiefer, als sie erwartet hätte. Wärme füllte ihren Magen.

»Die ist momentan leider unabkömmlich. Vielleicht kann ich Ihnen helfen?«

»Ich weiß nicht.« Er schob die Hände in die Hosentaschen und sah sich ratlos um.

Ein unschlüssiger Kunde, das war immer eine nette Herausforderung. Darauf konzentrierte Amy sich, nicht auf die Lederjacke, nicht auf die weichen, braunen Augen. »Welches Buch haben Sie denn zuletzt gekauft?«, fragte sie und war entschlossen, etwas für ihn zu finden, das ihm von Herzen gefiel. Ein glücklicher Käufer, das wäre ein guter Start in den Tag.

Er sah sie einen Augenblick verwirrt an. »Einen Reiseführer von New York«, sagte er schließlich.

»Sie sind Tourist?«, fragte Amy überrascht.

Er nickte. »Das kann man so sagen.« Sein Lächeln war schief und irgendwie ansteckend.

Sie fragte sich, warum seine Jacke keine Nieten hatte und versuchte, sich wieder zu konzentrieren. »Dann darf ich Ihnen vielleicht dieses Regal hier zeigen.« Sie führte ihn Richtung Otis, der hob den Kopf und hechelte interessiert in ihre Richtung. »Hier finden Sie alles über die Stadt. Themenbasierte Reiseführer, lokale Autoren und Belletristik, die in Greenwich spielt. Alles, was das Herz begehrt.« Sie lächelte und sah ihn erwartungsvoll an.

Er blieb neben ihr stehen, fuhr sich mit den Fingern durch das wuschelige Haar und sah unschlüssig auf das Regal. »Wenn ich ehrlich bin, hab ich den Reiseführer nicht einmal aufgeschlagen.«

»Also vielleicht doch lieber etwas anderes? Ein Krimi oder eher Fantasy?« Irgendwelche Vorlieben musste er doch haben.

Er warf einen abwesenden Blick auf das Klavier. »Ich denke, ich warte lieber auf Misses Benson … was ist das?«, fragte er.

»Ein Klavier«, sagte Amy und kam sich im selben Moment ziemlich dämlich vor, denn das war ja wohl offensichtlich. Sie strich ihren Rock glatt.

Er lachte und es klang ein wenig verlegen, aber auch herzlich. »Das sehe ich. Ich meine, wieso steht es in einem Buchladen?«

Er sah sie mit ehrlichem Interesse an und das machte die Situation irgendwie einfacher. »Das steht schon hier, so lange ich denken kann. Ich staube es nur gelegentlich ab. Also würde ich sagen, es ist Deko.« Sie lächelte, während er mit seinen Fingern über einen uralten Holzschnörkel des Instrumentes strich. Es sah fast zärtlich aus, so als würde er einen alten Bekannten wiedertreffen.

Die Wärme in ihr verwandelte sich in ein merkwürdiges Ziehen. Das lag sicher nur daran, dass sie ihren Kaffee noch nicht zu Ende getrunken hatte.

Bestimmt.

»Darf ich es öffnen?«, fragte er, wartete aber nicht auf eine Antwort, sondern hob den Deckel. Mit einem sicheren Griff fand er die alten, vergilbten Tasten. Der Akkord, der dabei herauskam, hörte sich selbst in Amys Ohren schrecklich an. Otis bellte sogar einmal kurz und ließ seinen Kopf erst wieder in sein Kissen sinken, als der junge Mann das Gesicht verzog und den Deckel schloss. »Es wird wohl nicht sehr oft gespielt«, stellte er fest.

»Noch gar nicht in der Zeit, die ich hier arbeite.«

»Aber es gehört Misses Benson?«, fragte er.

»Sicher.« Wem sonst? Amy bekam das Gefühl, dass hier irgendetwas nicht stimmte.

Er nickte nachdenklich.

»Sie wollen gar kein Buch kaufen, oder?«, fragte sie. Irgendwie fand sie das schade, sie hätte ihm gerne weitergeholfen.

Es stellte sich nur die Frage, weshalb er dann sonst hier war.

»Eigentlich habe ich einen Termin. Sie wissen nicht zufällig, wann Misses Benson wiederkommt?«

Einen Termin? Das war ja etwas ganz Neues. »Nein, das tut mir leid. Es gab einen familiären Notfall, ihre Schwester ist gestürzt. Sie konnte noch nicht sagen, wann sie wieder zurück ist.«

»Schwester?«, fragte er überrascht.

»Kann ich ihr vielleicht etwas ausrichten?«

»Nein … doch …« Er atmete tief durch. »Sie können ihr sagen, dass ihr Enkel hier war.«

»Enkel?« Jetzt war es an Amy, erstaunt auszusehen.

Er nickte. »Beatrice Benson ist meine Großmutter. Sie hatte mich herbestellt und gesagt, es ginge um ihren Ruhestand – Sie wissen nichts davon?«

Amy blinzelte ihn verdutzt an und schüttelte den Kopf.

Ihr Enkel? Und den bestellte sie wegen ihres Ruhestands her? Vielleicht als Erben.

Und ganz einfach so lösten sich all ihre Zukunftspläne, die sie gerade noch gehabt hatte, in Luft auf.

Es fühlte sich an, als wäre der Boden unter ihren Füßen aufgerissen, hätte einen metertiefen Spalt gebildet und sie einfach so verschluckt.

»Es … es tut mir leid … aber sie hat mir nichts von einer Verabredung gesagt … oder … warten Sie …« Amy warf einen Blick auf ihr Handy.

Es fiel ihr schwer, sich zu konzentrieren, während sie immer noch versuchte, seine Worte zu verdauen. Da entdeckte sie eine E-Mail, die sie vorhin übersehen haben musste.

Wettbewerb

Auf dem Weg hierher war er unglaublich aufgeregt gewesen. Sein Puls stieg immer noch, wenn er an das bevorstehende Treffen mit seiner Großmutter dachte. Wie würde sie reagieren? Was hatte sie zu sagen? Würde er sie überhaupt erkennen?

Aber noch viel wichtiger: Wieso war sie nicht hier?

Konnte er sich vielleicht im Datum geirrt haben?

Aber nein. Der Termin, den seine Großmutter – Misses Benson – vorgeschlagen hatte, war ziemlich genau mit seinem Auftritt in der City zusammengefallen. Chris und Mona waren begeistert gewesen, weil das noch mehr Zeit zum Sightseeing für sie bedeutete.

Dazu kam, dass der Brief viel zu kurz gewesen war, um irgendetwas misszuverstehen.

Vielleicht hätte man meinen sollen, dass ihr nach all den Jahren, in denen sie sich nicht gesehen hatten, ein bisschen mehr einfiel als nur knapp fünf Zeilen. Aber wenn man den Geschichten seiner Mutter glaubte, war sie nie besonders herzlich gewesen.

Das spiegelte sich auch in ihren Worten wieder. Daher kam auch das Unbehagen, die Ungewissheit, was ihn erwartete.

Beim Eintreten in den Laden hatte er sich ganz kurz beruhigt. Die kleine Blondine mit dem kinnlangen Bob hatte ihn förmlich umgehauen. Bei ihren leuchtend grünen Augen und dem Sonnenscheinlächeln war ihm ganz warm geworden, wie nach dem ersten Schluck eines frisch aufgeschäumten Milchkaffees.

Und er hatte das Klavier entdeckt. Das Instrument sah genauso aus wie aus einer uralten Kindheitserinnerung.

Die Frage blieb, warum seine Großmutter durch Abwesenheit glänzte. War das ein Spiel? Oder wurde sie nur vergesslich?

Ihr Ruhestand und ihr Erbe waren ihr immerhin wichtig genug gewesen, um ihn einzuladen.

Nur deshalb hatte er sich überhaupt herbemüht. Nicht wegen des Geldes, falls es überhaupt welches gab. Sondern weil ein *Erbe* immer den Tod eines Menschen voraussetzte. Und er hatte einige Fragen an seine Großmutter, die ihm schon lange auf der Seele brannten.

Zum Beispiel zu ihrem Verschwinden, damals. Und ja, er war auch nach all der Zeit immer noch enttäuscht von ihr.

Die hübsche Blondine mit dem Sonnenscheinlächeln war ziemlich blass geworden, als er ihr gesagt hatte, wer er war. Gerade sah sie auf ihr Handy. Wenn es nichts Neues gab, dann würde er unverrichteter Dinge wieder gehen müssen. Sein Magen zog sich bei dem Gedanken zusammen.

»Hier ist eine Mail, warten Sie …«

Ein klein wenig Erleichterung machte sich in seiner Mitte breit. Wenigstens etwas.

»Mein Name ist Ryan«, sagte er und lächelte die junge Frau an, in der Hoffnung, die Situation wenigstens ein bisschen zu entspannen.

Er hatte sie offensichtlich völlig durcheinandergebracht und das tat ihm leid, auch wenn er nicht genau wusste, was er Falsches gesagt hatte.

»Amy«, antwortete sie und lächelte zurück, aber irgendwie wirkte es künstlich. Nicht mehr so offen und freundlich wie noch vor wenigen Minuten.

Sie wirkte blass und fast schon kühl, obwohl sie sich Mühe gab, das nicht zu zeigen. Sie strich über das orangefarbene Muster ihres roten Rockes und beugte sich wieder über ihr Handy. Dabei wurde ihr Blick noch ernster.

Eine Furche bildete sich zwischen ihren schmalen Brauen. Sein Blick glitt über ihre Nase, stoppte kurz bei den zartrosafarbenen Lippen und fiel dann auf die silberne Eule, die im Ausschnitt ihrer schlichten, weißen Bluse glitzerte.

Er löste seinen Blick und fragte sich, was es für ein Gefühl war, für seine Großmutter zu arbeiten. Was war sie für ein Mensch? Wie gab sie sich gegenüber Fremden? Wie viel davon war echt, wie viel Fassade?

Hatte sie sich irgendwie geändert? Oder war sie immer noch die Frau, die ihren Enkel einfach im Stich gelassen hatte, kurz nachdem …

»Die Mail ist für dich und … für mich.« Sie sah kurz auf und schluckte. Es wurde immer seltsamer, erst bestellte seine Großmutter ihn her, dann war sie nicht anwesend und jetzt schrieb sie auch noch E-Mails an ihre Angestellte, die eigentlich an ihn gerichtet waren?

»Hier steht, ich soll vorlesen.«

Ihr Blick verriet, dass sie sich nicht besonders wohl dabei fühlte. Offensichtlich war sie mindestens genauso verwirrt wie er.

Am liebsten hätte er ihr den Arm um die Schulter gelegt, so betroffen sah sie aus. Verwundert schob er diesen merkwürdigen Impuls beiseite und hoffte darauf, dass die seltsame E-Mail ein paar Antworten geben würde.

* * *

Amy hatte keine Ahnung, was sie von all dem halten sollte oder was sie erwartete. Also hielt sie sich an ihrem Handy fest und gab sich die größte Mühe, ruhig zu sprechen.

Liebe Amy,

diese E-Mail ist für dich und für meinen Enkel. Wenn er da ist, vertraue ich darauf, dass du sie laut vorliest.

Lieber Ryan,

Ich habe dich hergebeten und gesagt, dass ich dir etwas vererben möchte. Das ist auch richtig, denn ich habe vor, mich zur Ruhe zu setzen. Meine Augen werden immer schlechter und ich vermisse meinen Hugo in letzter Zeit immer mehr. Irgendwann wird es einfach Zeit, die Geschäfte den Jüngeren zu überlassen.

Aber wenn ich ehrlich bin, war das lediglich ein Vorwand. Der letzte Versuch, in einer langen Reihe, um endlich wieder in Kontakt mit dir zu treten.

Gerade deshalb hatte ich mich sehr auf unser Treffen heute gefreut. Es gibt viel zu bereden, das einfach nicht zwischen den Zeilen einer E-Mail oder eines Briefes Platz findet und das unbedingt ausgesprochen werden muss.

Aber so viel möchte ich jetzt schon sagen. Ich habe dich niemals vergessen und es tut mir leid, dass die Ereignisse ein engeres Zusammenleben nicht möglich gemacht haben.

Ich vermute, dass Amy dir bereits von dem Unfall meiner Schwester erzählt hat. Sobald sich die Umstände geklärt haben, komme ich zurück und hoffe, dass wir einige unserer Altlasten aus dem Weg schaffen können.

Bis dahin möchte ich dir aber dein mögliches Erbe nicht vorenthalten. Denn, wie gesagt, ich möchte mich zur Ruhe setzen und ich habe die entsprechenden Vorkehrungen bereits getroffen. Das Letzte, was es zu tun gilt, ist eine Nachfolge für meinen geliebten Laden auszuwählen.

Amys Hals zog sich zusammen. Sie hatte nicht gewusst, dass Beatrice schon so konkrete Pläne für einen Ruhestand machte. Sie schluckte und versuchte, gelassen weiterzusprechen.

Amy, du leistest hervorragende Arbeit, bist freundlich zu den Kunden und dein Hintergrundwissen über Bücher aller möglichen Genres und Fachrichtungen ist in den letzten Jahren bemerkenswert gewachsen. Aber Ryan ist mein Fleisch und Blut und ich kann ihn nicht einfach übergehen.

Die lieben Worte waren Balsam auf ihrem Herzen. Ein freundlicher Arm um ihre Schulter, der sie warm hielt. Aber gleichzeitig traf sie der letzte Satz viel härter, als er gedurft hätte.

Denn immerhin hatte Beatrice jedes Recht, ihren gesamten Besitz auch ihrer Familie zu hinterlassen.

Es war nur die Tatsache, dass Beatrice nie von einer Familie gesprochen hatte, die sie so aus dem Gleichgewicht brachte.

Weder von Schwestern noch von Kindern oder Enkeln war jemals die Rede gewesen. Das war mit ein Grund gewesen, warum sie selbst Beatrice als Familie betrachtet hatte und das machten das Ganze so schwer zu begreifen. Sie atmete einmal tief durch und las weiter vor.

Ryan, du bist mein Enkel, und trotz allem, was du vielleicht von mir halten magst, liebe ich dich von ganzem Herzen. Ich wünsche mir nichts mehr, als dass du ein glückliches und erfülltes Leben führst. Aber Amy hat mir in den vergangenen Jahren, und besonders seit Hugos Tod, immer zur Seite gestanden und mir durch harte Zeiten geholfen. Ich kann diese Hilfsbereitschaft nicht einfach ungeachtet lassen.

Jetzt brannten Amys Augen. Sie wusste, wie viel es Beatrice bedeutet hatte, dass sie sich nach Hugos plötzlichem Tod um alles gekümmert hatte. Ihr Kopf wusste, wie viel ihr Zuspruch der alten Dame bedeutet hatte. Aber es schwarz auf weiß zu lesen, presste ihr das Herz zusammen und hätte sie fast zum Weinen gebracht vor Rührung.

Sie blinzelte schnell und die Tränen verflüchtigten sich, bevor sie über ihre Wangen rollen konnten.

Deshalb ist mir die Entscheidung, was mit meinem Laden geschehen soll, alles andere als leicht gefallen. Nein, ich muss zugeben, dass ich bisher noch überhaupt keine endgültige Wahl getroffen habe.

Nach langem Abwägen bin ich zu dem Schluss gekommen, dass ich vorerst auch keine treffen will. Aber, ich möchte in jedem Fall euch beiden eine Chance geben.

Nutzt die folgenden Tage, um euch zu überlegen, was ihr mit dem Laden machen würdet, wenn er euch gehörte. Dann versucht, den anderen von eurer Vision zu überzeugen.

Derjenige, der das schafft, erbt das Geschäft, unter der Bedingung, dass er den jeweils anderen einstellt – ihr beide gewinnt.

Solltet ihr euch nicht einigen können, entscheide ich nach meinem Bauchgefühl, welche der beiden Visionen mir am besten gefällt und vererbe an denjenigen, der mir mehr zusagt. Einer gewinnt, einer verliert.

Ich bin mir nicht sicher, ob das fair oder vernünftig ist. Aber es ist die einzig sinnvolle Lösung, die mir einfällt.

Ich wäre gerne in dieser Zeit bei euch gewesen, um zu beobachten, was ihr euch einfallen lasst, aber so muss ich mich eben mit dem Resultat begnügen. Ich komme zurück, sobald die Umstände es mir erlauben.

Ich hoffe, ihr versteht meinen Entschluss und gebt mir die Möglichkeit, in Ruhe mit euch zu sprechen, wenn ich wieder da bin.

Liebe Grüße
Beatrice

Das war verrückt. Wollte Beatrice wirklich einen Wettbewerb daraus machen?

Ein wildes Durcheinander brodelte in Amys Brust.

Sie brauchte dringend einen Stuhl und wollte das Handy schon weglegen, aber der Text ging noch weiter.

PS: Ryan, wenn ich das richtig verstanden habe, bist du gerade erst in die Stadt gekommen. Solltest du noch keine Bleibe haben, kannst du dich gerne im Lagerraum häuslich einrichten. Amy geht dir sicher gerne zur Hand.

Jetzt lehnte Amy sich gegen den Tresen – allerdings so unauffällig wie möglich.

Sie wollte nicht zeigen, wie sehr sie das Ganze mitnahm. Alle ihre Träume von der Zukunft schienen sich unter ihren Fingern aufzulösen, dahinzuschmelzen und von ihr wegzudriften.

Wenn sie ihn nicht überzeugen konnte ... wenn sie nicht nachgab und es darauf ankommen ließ ... Es war wohl keine Frage, wer dann am Ende gewinnen würde.

Schließlich war er Beatrice' Erbe, ihr Fleisch und Blut.

Aber was sollte sie ohne diesen Job nur machen?

Wer würde sie schon einstellen?

Und was passierte dann mit Otis? Gab es einen anderen Arbeitgeber, der ihr erlaubte, den kleinen Kerl mitzubringen?

Beatrice war ein Glückstreffer gewesen. Ob sie ihr wenigstens ein Arbeitszeugnis ausstellen würde? Irgendetwas, damit sie ihre winzige Wohnung in Jersey City behalten konnte?

Visionen

Ryan war sprachlos. Er hatte mit allem möglichen gerechnet, als er sich an diesem Morgen auf den Weg zu diesem Treffen gemacht hatte. Mit einem herzergreifenden Wiedersehen, das all den Schmerz der vergangenen Jahre durch eine simple Umarmung wegwischte. Mit einem heftigen Streit, der in einem endgültigen Zerwürfnis gipfelte. Mit einer sterbenskranken Frau, die unter Tränen um Vergebung bettelte.

Aber egal, was er sich ausgemalt hatte, diese absolut verrückte Idee war Welten davon entfernt.

Das war die verrückteste Art, einen Laden zu vererben, die er sich vorstellen konnte und er überlegte, ob die gute Frau vielleicht an einer Geisteskrankheit litt.

Aber davon schien Amy zumindest nicht auszugehen. Sie lehnte gegen den Tresen und starrte immer noch auf das Handy in ihrer Hand.

Wie hatte es in der Mail geheißen? Findet eine Vision? Für diesen Laden hier?

Was würde er mit diesen vier Wänden anstellen, wenn er der Chef wäre?

Das war eine verdammt gute Frage.

Er sah sich um und sein Blick blieb an dem alten Klavier haften. Sofort breiteten sich vor seinem inneren Auge unsagbare Möglichkeiten aus.

Seit er klein war, hatte er diesen Traum, aber er hätte niemals für möglich gehalten, dass er Wirklichkeit werden könnte.

Ein Club, ein kleiner Piano-Club, mit geschmackvoller Live-Musik, Cocktails und einem ausgewählten Angebot an kulinarischen Genüssen. High-end, sehr stylisch. Er blickte sich um. Dafür musste einiges gemacht werden, die Regale mussten natürlich komplett raus. Aber dann wäre gerade genug Platz für einen Flügel, ein paar Tische …

Seine Fantasie machte Luftsprünge, sang von eleganten Abendessen, Cocktailstunden, einem Ausbau des ersten Stocks und Live-Musik in den unterschiedlichsten Stilrichtungen.

Strom, davon brauchte er eine Menge. Ob man hier wohl auch eine Küche einbauen konnte? Einen Kühlschrank bräuchten sie auf jeden Fall.

Das war einfach viel zu gut, um wahr zu sein. Er konnte sich nicht vorstellen, dass seine Großmutter das ernst meinte. Sie hatte sich damals einfach aus seinem Leben verabschiedet und jetzt wollte sie ihm das hier überlassen? Im Ernst?

Ein Laden, mitten in Greenwich, in bester Lage und alles, was er tun musste, um ihn zu bekommen, war, ihr den Plan seines Lebens zu präsentieren? Den *Traum* seines Lebens.

Nein, die Sache musste irgendeinen Haken haben. Aber gleichzeitig konnte er die Gelegenheit unmöglich in den Wind schlagen.

Er würde sich sein Leben lang in den Hintern beißen, wenn er es nicht wenigstens versuchte.

Was konnte schon passieren? Im schlimmsten Fall hatte er sich für ein paar Tage zum Affen gemacht.

Aber was, wenn es klappte?

Natürlich musste er Amy davon überzeugen, dass seine Vision die Bessere war. Aber so schwer durfte das nicht sein. Was war schon ein staubiger kleiner Buchladen gegen das pulsierende Leben einer klassisch, eleganten Piano-Bar?

Und wenn er sie überzeugen könnte? Dann würde sie bei ihm arbeiten. Wundervolle Aussichten. Dann hätte er nicht nur seinen Lebenstraum erfüllt, sondern auch noch ein Sonnenscheinlächeln an seiner Seite.

***

Amy starrte immer noch auf ihr Handy. Ihr Mund war leicht geöffnet, der Name, den sie gerade ausgesprochen hatte, lag noch auf ihren Lippen.

Sie versuchte die Horrorvisionen von einer Zukunft ohne Geld, Job und Wohnung wieder loszuwerden. Sie warf Otis, der sie aus großen, schwarzen Hundeaugen ansah, einen Blick zu.

Nein, das durfte nicht passieren. Er durfte nicht wieder auf die Straße. Sie hatte ihn einmal davor gerettet, nie wieder sollte er dorthin zurück.

Überhaupt war diese ganze Idee einfach abstrus. Das konnte Beatrice nicht ernst meinen. Sie wollte den Laden einem völlig Fremden überlassen? Einfach so?

Gut, er war ihr Enkel, aber er trug eine Lederjacke, hatte Löcher in der Hose und sah alles andere als geschäftstüchtig aus. Wieso das alles? Warum er? Und wieso ausgerechnet jetzt?

Dann dieser merkwürdige Satz. Was hatte das zu bedeuten: *Altlasten aus dem Weg schaffen*? Was für eine Vergangenheit verband die beiden?

Amy betrachtete den jungen Mann, der mit verklärtem Blick zum Schaufenster hinaus starrte.

Ihn überzeugen? Von ihrer Vision?

Konnte das wirklich so schwierig sein? Dieser Laden war ein Buchladen, sie hatte in den vergangenen sechs Jahren nichts anderes gemacht, als Bücher zu verkaufen. Beatrice selbst hatte ihr alles beigebracht, was sie über Bücher und deren Verkauf wusste.

Wenn das kein Vorteil war, dann wusste sie es auch nicht. Was konnte er schon großartig ändern wollen? Eigentlich gab es doch gar keine Frage, wer besser für diesen Job geeignet war.

Sie ballte ihre Hände zu Fäusten und machte sich bereit, ihm genau das ins Gesicht zu sagen. Da breitete sich auf Ryans Miene ganz langsam ein Grinsen aus und all der Mut, den sie sich gerade noch selbst zugesprochen hatte, verpuffte.

War ihm etwas eingefallen? Was konnte das sein?

Er verschränkte die Hände hinter dem Kopf und sah sie viel zu freundlich an. Amy lief eine Gänsehaut über den Rücken. Wie konnte man nur so selbstsicher sein?

»Ich würde sagen, wir erzählen uns gegenseitig, was wir uns vorstellen und dann treffen wir eine Entscheidung.« Er lächelte ein überlegenes Lächeln und Amy kniff sich in das weiche Fleisch zwischen Daumen und Zeigefinger. Ihr Ankerpunkt. Das hatte sie mal in einer Zeitschrift gelesen. Es half ihr, sich zu beruhigen, wenn sie nervös war und auch, wenn ihre guten Vorsätze mal ins Wanken zu geraten schienen. Gerade in dieser Situation durfte das nicht passieren.

Also kratzte sie alles Selbstbewusstsein zusammen, das sie finden konnte und straffte die Schultern. »Wieso Entscheidung? Ich meine, es gibt ja wohl nur eine sinnvolle Lösung.«

»Ach, wirklich?« Er sah sie überrascht an und ließ die Arme fallen.

»Hast du schon mal in einem Buchladen gearbeitet?«, fragte sie geschäftsmäßig.

»Nein.«

»Na siehst du. Ich arbeite schon seit über sechs Jahren hier. Ich weiß, wie alles funktioniert, kenne die Händler, die Kunden, die Bücher. Es ist ja wohl keine Frage, dass ich wesentlich besser für den Job geeignet bin als du. Aber keine Sorge, ich bin ein netter Chef.« Sie biss sich auf die Zunge, denn das war wohl ein bisschen zu dick aufgetragen. Das Lächeln verschwand aus seinen Zügen.

»Ach wirklich?« Damit hob er eine Augenbraue. »Ich sehe hier keine anderen Angestellten, die das bestätigen könnten.«

Sie kniff sich wieder in den Ankerpunkt. »Die Praktikantin, die wir hatten, fand mich sehr nett.«

»Und wo ist die jetzt?«, fragte er provozierend.

»Zurück in Frankreich.«

Er zog die Braue höher »Aha.«

Nicht nett. »Sie war ein Au-pair-Mädchen und hatte Heimweh. Das ist ja wohl nicht meine Schuld.«

Seine Braue wanderte noch ein Stückchen höher. »Aha.«

»Was soll das heißen?«, fragte sie und spürte, wie es langsam ganz heiß in ihrer Brust zu brodeln begann. Aber er grinste nur.

»Nichts.« Aber seine Stimmlage sagte etwas anderes.

Sie versuchte das Gespräch wieder in die richtigen Bahnen zu lenken. »Also, was qualifiziert *dich* für den Job als Buchhändler?«

Jetzt legte er seinen Kopf herausfordernd zur Seite. »Wer sagt denn, dass es überhaupt ein Buchladen bleiben muss?«

Amys Kinn klappte herunter. »Bitte was?«

»Na, sie hat doch keinerlei Vorgaben gemacht, oder? Es stand nirgendwo in der E-Mail, dass weiterhin Bücher verkauft werden müssen. Sie hat nur gesagt, wir sollen ihr unsere Vision vorstellen und darlegen, wie wir das Beste aus dem Laden machen.«

Amy stemmte die Hände in die Hüften. Jetzt reichte es langsam. »Und wie soll das deiner Meinung nach aussehen?«

»Wir machen eine Bar auf.« Er klang, als hätte er das Ei des Columbus entdeckt.

Amys Magen gefror zu Eis und sackte auf den Fußboden. Der Typ wollte sie veräppeln. Anders konnte es nicht sein. »Eine Bar«, sagte sie. Und das war keine Frage. Es war eine trockene Wiederholung seines völlig absurden Vorschlags.

»Natürlich! Keine Kneipe oder so. Etwas Extravagantes, mit Stil, mit Live-Musik. Meine Band könnte jeden Abend auftreten, es gibt Cocktails und vielleicht können wir sogar einen berühmten Koch einstellen.«

Am liebsten hätte sie ihn geschüttelt. Das konnte unmöglich sein Ernst sein. Mit Stil, von wegen. Wenn sie ihn so ansah, dann konnte von Stil wohl keine Rede sein. Er sah cool aus, keine Frage und seine Groupies bekamen sicher Herzrasen und Kreischanfälle, wenn sie sein hinreißendes Lächeln sahen.

Er war schlank und mit dem eng anliegenden T-Shirt durchaus gutaussehend. Aber wenn ihn irgendjemand bewunderte, dann lag das ganz sicher nicht an seinem Talent beim Gitarrespielen und erst recht nicht an seinem ausgesuchten Kleider-Geschmack.

Seine Band anschleppen – hierher. War dem Kerl eigentlich bewusst, wo er sich hier befand? Das war Greenwich und kein Ghettoviertel. »Das funktioniert niemals.«

»Ach nein?«

»Unmöglich.«

Er verschränkte die Arme und zog wieder kokett eine Augenbraue hoch. Gab es dafür eigentlich irgendwo einen Kurs *Machogehabe für Fortgeschrittene*?

»Vielleicht werde ich dich ja vom Gegenteil überzeugen.«

»Ganz sicher nicht«, sagte Amy bestimmt.

»Das werden wir ja sehen. Immerhin musst du mir eine Chance geben. Und was der Laden hier ganz sicher gebrauchen könnte, wäre ein bisschen frischer Wind.«

Ein unwillkürliches Ziehen in ihrem Bauch behauptete, dass er recht haben könnte.

Angst vibrierte in ihrer Magengrube. Schon war sie wieder bei ihren schlimmsten Befürchtungen angelangt.

Was, wenn es stimmte? Was, wenn sie sich nicht einigen konnten und Beatrice seiner Idee alleine deshalb den Vorzug gab, weil sie etwas Neues und Aufregendes war?

Wieder war Amy in Gedanken auf der Suche nach einem Job. Selbst, wenn sie jemanden finden würde, der sie einstellte und es eine Lösung für Otis gab, sie hatte den Buchladen unheimlich lieb gewonnen, die Kunden, die Arbeit, das Leben hier.

Sicher, sie wohnte in Jersey City und musste jeden Morgen den Hudson überqueren, aber sie nahm extra den längeren Weg für einen schönen Spaziergang mit Otis, das tat sie gern. Und ihr Herz, das lebte genau hier, zwischen den alten Bücherregalen, gleich neben dem staubigen Klavier, mitten in Otis' Körbchen. Hier fühlte sie sich wohl.

Wenn sie schon nicht gewinnen konnte, wollte sie wenigstens bleiben. Aber bleiben war unmöglich, wenn er hier ein Casino oder eine Bar oder was auch immer aufmachen wollte.

Es blieb ihr nichts anderes übrig, sie musste sich auf dieses verrückte Spiel einlassen und versuchen, den Wettbewerb zu gewinnen – ihn von ihrer eigenen Vision überzeugen.

Wenigstens hatte sie einen entscheidenden Vorteil. Der Buchladen war schon da, er existierte in seiner vollen, duftenden Schönheit, es gab treue Kunden, einen Buchclub und sogar Lesungen. Was auch immer Ryan sich genau ausgedacht hatte, das müsste erst mit viel Arbeit, Mühe und Geld erschaffen werden.

»Einverstanden«, sagte sie und kniff sich in den Ankerpunkt. »Ich gebe deiner Vision eine echte Chance, wenn du meiner auch eine gibst.«

»Sehr gut.« Er griff nach ihrer Hand, seine Finger schlossen sich warm und kräftig um ihre.

Amy spürte ein warmes Ziehen in ihrer Magengrube. Sie schluckte, das würde vielleicht doch schwieriger werden, als es auf den ersten Blick erschien. »Aber ich denke, du wirst erkennen, dass so ein alter, kleiner Buchladen seinen ganz eigenen Charme hat und viel besser in diese Gegend passt als eine Kneipe.« Ihre Hand lag immer noch in seiner.

»Wir werden sehen.« Er grinste schief. »Wenn du erst gesehen hast, was ich vorhabe, dann wirst du mir zustimmen, dass so eine staubiges Abstellregal dagegen keine Chance hat.«

Sie ließ ihn los.

Abstellregal!

In ihr brodelte eine Mischung aus Lava und Brausetabletten. Von wegen Abstellregal. Sie würde ihm schon zeigen, was dieser kleine Laden für die Menschen in der Nachbarschaft bedeutete.

Am Ende würde sie nicht nur hier arbeiten dürfen, sondern auch ihren Traum vom eigenen Buchladen erfüllen, zusammen mit Otis und mehr Büchern, als sie jemals lesen konnte. Komme, was da wolle.

Überzeugung

Die Kleine sah nicht nur niedlich aus, sie hatte auch noch Biss, das musste er ihr lassen. Das bedeutete allerdings auch, dass er sich anstrengen musste, wenn er sie von seinem Vorhaben überzeugen wollte. Deshalb war das erste Ziel, sich so schnell wie möglich häuslich einzurichten und dann die Überzeugungsarbeit zu beginnen.

»Also, wo schlafe ich?«, fragte er und rieb sich die Hände.

Amy wurde sehr still, aber er sah zum wiederholten Mal, wie sie mit der einen Hand die andere drückte. Offensichtlich war sie doch in irgendeiner Form verunsichert. Das war ein gutes Zeichen, zumindest, wenn er an seine Pläne dachte. Warum hatte er dann schon wieder das Bedürfnis, seinen Arm um ihre Schulter zu legen?

Das lag bestimmt nur an ihrer zurückhaltenden Ausstrahlung. Wenn sie nicht gerade die Schultern straffte und um ihre Haltung bemüht war, wirkte sie sehr klein und schüchtern.

Jetzt schob sie sich zwischen den Bücherregalen hindurch, ihr Rock schmiegte sich um ihre Hüften, spielte um ihre Knie und entblößte zwei schlanke Waden in hohen Riemchensandalen. Er riss seinen Blick los, als sie gerade eine rote Tür öffnete, die bei all den anderen Rottönen im Raum überhaupt nicht auffiel.

Dahinter befand sich ein winziger Flur mit zwei weiteren Türen und eine schmale Treppe führte nach oben, wahrscheinlich in die Wohnung seiner Großmutter.

Amy deutete nach rechts. »Das ist die Toilette.« Dann wandte sie sich nach links. »Und hier ist der Lagerraum.« Sie zog auch diese Türe auf.

In dem Raum war gerade genug Platz, um zwei Doppelbetten nebeneinander aufzustellen. Beziehungsweise, theoretisch wäre er dafür groß genug gewesen, aber im Moment war er komplett zugestellt. Dicht an dicht stapelten sich Kisten neben Regalen und Bücherstapeln. Außerdem gab es noch zwei weiß lackierte, runde Gartentische, die falsch herum aufeinander standen und ein paar Stühle mit roten Polstern.

In der Rückwand befand sich direkt unter der Decke ein winziges Fenster. Durch die blinde Scheibe fiel das goldene Licht der Herbstsonne in einer breiten Lichtsäule herein.

»Sehr heimelig.« Er versuchte, ironisch zu klingen, einen Scherz zu machen und ein paar Sympathiepunkte zu gewinnen. Aber sie blieb still.

Dabei hatte die Chemie doch eigentlich gestimmt. Der erste Blickkontakt war der Hammer gewesen. Das herzerweichende Sonnenscheinlächeln glänzte selbst jetzt noch in seiner Erinnerung. Aber spätestens, seit sie die Mail vorgelesen hatte, schien sie nicht mehr allzu glücklich zu sein. Kein Wunder, denn so wie es aussah, war er mitten in ihre Zukunftspläne hineingegrätscht.

Allerdings hielt er sie nicht für eine Erbschleicherin. Ihr schien der Laden ehrlich etwas zu bedeuten. Und auch das, was seine Großmutter über Amy geschrieben hatte, klang nach einer freundlichen und fürsorglichen Person. Ganz so, wie er sich seine Großmutter damals gewünscht hätte.

Wenn er mit seiner Einschätzung recht hatte und sie den Laden tatsächlich liebte, machte es das nur umso schwieriger, sie zu überzeugen. Aber er würde schon einen Weg finden.

Auf seinen halbgaren Scherz reagierte sie auf jeden Fall gar nicht, sondern betrachtete nur die Kistenberge.

»Ich bin nicht ganz sicher, wo ich das alles hinräumen soll«, sagte sie. »Im Laden ist einfach nicht genug Platz.«

»Wo kommt das denn überhaupt alles her?«

»Beatrice hat eine kleine ... Sammelleidenschaft. Sie kauft auch gerne dann noch ein, wenn eigentlich alles da ist.« Ein Lächeln huschte über ihr Gesicht und die liebevolle Art, in der sie über seine Großmutter sprach, überraschte ihn. Er fragte sich, wie er über diese Frau sprechen würde, wenn sie nicht einfach verschwunden wäre. Würde er sie dann auch mögen?

»Ich hab zum Beispiel keine Ahnung, was sie mit diesen Tischen wollte«, fuhr Amy gerade fort.

»Und die Polsterstühle?«, fragte er.

»Die sind für Autorenlesungen und für unseren Leseclub, der sich mittwochs hier trifft. Die müsste ich sowieso gleich rausholen. Aber der Rest ...«

»Dann muss das Zeug eben auf die Straße.«

Sie sah ihn wieder mit diesem Blick an, der wahrscheinlich Stahltüren schmelzen konnte. Er hob die Hände. »Nicht für die Müllabfuhr. Ich hab an einen Schlussverkauf gedacht. Etwas mit der Aufschrift *Wir brauchen Platz für neue Bücher* oder eben etwas in der Richtung.«

Ihr Blick wurde weicher, fast schon versöhnlich. »Platz für eine Matratze wohl eher.« Sie seufzte und sah die Berge zweifelnd an.

»Es muss ja nicht gleich alles raus. Mir reicht eine Schneise, die breit genug ist für meine Isomatte und den Schlafsack.«

»Du hast wohl an alles gedacht?«, fragte sie und sah ihn skeptisch an.

»Wenn wir auswärts einen Auftritt haben, gibt es drei Dinge, die ich immer dabeihabe. Und vernünftiges

Schlafzeug ist eins davon. Man kann nie wissen, in was für einer Absteige man landet. Und in so manchem Hotel ist der Fußboden die weitaus bessere Alternative zu dem, was sie *Bett* nennen. Du glaubst gar nicht, was ich schon auf Kopfkissen und unter Bettdecken alles gefunden habe.«

Er wartete vergeblich auf eine Reaktion.

***

Aha.

Amy fragte absichtlich nicht nach, was die anderen beiden Sachen waren, die er immer dabeihatte. Und auch nicht, was er schon in Motelbetten gefunden hatte.

Den Gefallen wollte sie ihm nicht tun. Obwohl sie schon ein bisschen neugierig war, was er für Geschichten zu erzählen hatte. Aber das hätte sie niemals zugegeben. Er wollte auf Schönwetter machen?

Fein.

Aber das änderte nichts an der Tatsache, dass er sich in den vergangenen Jahren nicht um seine Großmutter gekümmert hatte, dass er in einer Band war, deshalb vielleicht sogar Drogen nahm und aus ihrem geliebten kleinen Buchladen eine *Bar* machen wollte. Sie würde mitspielen, so weit es nötig war, aber mehr auch nicht.

Allerdings musste sie zugeben, dass der spontane Schlussverkauf wahrscheinlich tatsächlich die beste Methode war, um die Sachen zügig loszuwerden. Und die einzige Möglichkeit, schnell genug Platz für seine Schlafstelle zu schaffen. Beatrice wäre die Erste gewesen, die dem zugestimmt hätte.

Amy hätte nur zu gerne mit ihr gesprochen. Was hatte sie mit dieser Idee wirklich bezweckt?

»Ich trag schon mal die Tische raus«, sagte Ryan.

Amy sah ihm nachdenklich hinterher. Sie fragte sich, was Kathy zu diesem Typen sagen würde, wenn sie nachher zum Leseclub kam. Heiß würde ihre Freundin ihn finden, so viel stand fest. Aber das allein reichte leider nicht, um jemanden zu einem netten Menschen zu machen. Auch wenn er sich jetzt alle Mühe gab, wie einer zu wirken. Das konnten Drogensüchtige hervorragend: Theater spielen.

Zugegeben, sie hatte noch keinen gesehen, der *so* gut den nüchternen Kerl spielte.

Amy strich sich das Haar hinter ein Ohr und versuchte, sich erst mal einen Überblick zu verschaffen. Schließlich konnten sie nicht einfach alles auf die Straße bringen, was hier stand. Sie würde eine Auswahl treffen, dann einige Ladenhüter aus den Regalen im Geschäft dazu packen und so im Verkaufsraum neuen Platz schaffen. Ganz schön viel Arbeit.

»Warte, nicht so schnell«, rief sie, als Ryan gerade mit der ersten Kiste nach draußen verschwinden wollte. »Lass mich erst reingucken.«

Mit einem Schnaufen setzte er die Kiste wieder ab.

»Was denn? Ich dachte, das soll alles raus?«

»Aber doch nicht einfach so und ungesehen.«

»Wieso nicht? Es sind doch nur Bücher. Und wenn ich nicht wäre, würden sie auch die nächsten fünf Jahre noch in diesem Lagerraum verstauben.«

Sie wollte nicht zugeben, dass er vielleicht sogar recht hatte. Viele der Bücher standen hier schon sehr lange. Aber mit dem anderen Teil, da irrte er sich. »Das sind nicht einfach *nur* Bücher«, sagte sie fest. »Jedes einzelne Buch hier enthält eine Geschichte, ein ganzes Leben. Jeder Mensch, der es zur Hand nimmt, wird für ein paar Stunden zu einem anderen Wesen, lebt ein ganzes Leben in wenigen Stunden, lernt und leidet, lacht und liebt zusammen mit den Protagonisten.«

Er legte den Kopf zur Seite und hob wieder seine Augenbraue. »Dir scheinen Bücher ja sehr wichtig zu sein.«

»Sicher. Sonst würde ich wohl nicht hier arbeiten. Bücher sind … sie sind der Zugang zu neuen Welten, die

Möglichkeit, Erfahrungen zu sammeln, die du sonst niemals machen könntest.«

»Aber manche sind doppelt.« Er zeigte auf eine offene Kiste, in der etwa zwanzig Mal dasselbe Buch zu sehen war.

»Natürlich. Schließlich wollen sie von vielen Menschen gelesen und gelebt werden.«

»Also doch nicht einzigartig.«

»Selbstverständlich sind sie einzigartig. Denn jeder Leser macht aus jedem Buch seine ganz eigene Geschichte. Das ist doch gerade das Tolle an Büchern. Sie sind nicht statisch. Du bekommst keine Bilder mitgeliefert. Sie sind kein Film. Sondern jeder einzelne Satz bietet Raum zur Interpretation. Platz für dich, deine eigenen Erfahrungen und Werte einzubringen. Bücher sind lebendes Wissen.«

Er schmunzelte und Amy wusste nicht, ob er über sie oder mit ihr lachte.

»Pass auf,«, sagte er schließlich, »Ich stell dir einige von den Kisten in den Laden, da hast du mehr Platz und Licht zum Sortieren. Dann geh ich meine Sachen holen und du kannst in der Zwischenzeit ein paar Entscheidungen treffen. Was hältst du davon?«

Amy war überrascht. Dann aber auch wieder nicht. Er wollte natürlich, dass sie ihn mochte, damit sie seiner Variante doch noch zustimmte. Das war alles.

Trotzdem war sein aktueller Vorschlag wohl annehmbar. Sie nickte. »Einverstanden.«

Freunde

Ryan kämpfte mit seinem Schlafsack. Egal, wie oft er das Ding zusammenlegte, er hatte jedes Mal dasselbe Problem. Sobald es einmal aus seiner Hülle geholt war, schien es auf die doppelte Größe anzuschwellen und wollte einfach nicht mehr zurück in den Stoffsack passen.

»Vielleicht wird die Alte ja senil«, warf Chris ein, der sich gerade mit seinem Laptop auf einem der viel zu schmalen Motelbetten fläzte.

Ryan hatte seinen beiden Bandkollegen gerade von dem Plan seiner Großmutter erzählt.

Sein Cellist fand die Sache offensichtlich nur lachhaft. »Ich würde selbst bestimmen, wem ich mein Erbe hinterlasse und da kein merkwürdiges Spiel draus machen.« Er hatte einen vereinzelten Kopfhörer im Ohr und starrte auf seinen Bildschirm, auf dem er sicher gerade irgendein Code-Problem löste – oder Zombies tötete.

»Ich finde es genial«, fiel Mona ein. Sie hatte einen Handspiegel an der kahlen Wand aufgehängt, betrachtete ihr Bild und zog sich mit atemberaubender Präzision den breiten Lidstrich nach. Mit einem gekonnten Dreh ihres Handgelenks ließ sie das Dunkelblau in einer schwungvollen Kurve auslaufen.

In so einem Moment war Ryan immer froh, keine Frau zu sein. Das würde er niemals so hinbekommen. Im besten Fall würde er aussehen wie in einen Farbeimer gefallen.

»Dieser Wettbewerb ist doch total gewieft«, fuhr sie fort. »Was für eine bessere Methode gäbe es, um dich kennenzulernen?«

Ryan stopfte gerade eine Ecke des Schlafsacks in den Beutel, nur, um dabei zuzusehen, wie eine andere herausgedrückt wurde. »Ich weiß auch nicht …«, setzte er ironisch an. »Ein nettes Abendessen zum Beispiel?«

»Genau, damit du ihr dann all die kleinen Lügen erzählen kannst, die du vorher aufs Genauste einstudiert hast.«

»Ich hab keine Lügen einstudiert.«

Sie setzte den Stift kurz ab, um die Augen zu verdrehen. »Das weiß ich doch. Aber deine Großmutter ja nicht. Ich finde die Idee mit der Aufgabe eine super Sache. Sie ist unerwartet, das heißt, du hast sicher keinen durchtriebenen Plan dafür vorbereitet und außerdem kann sie dich dabei beobachten, mit welchen Mitteln du deine Träume verfolgst – gerade auch, wenn es ums Geld geht.«

»Aber sie ist ja gar nicht da.« Er knuffte den Schlafsack.

»Das war wohl nicht so ganz geplant, oder?«

Ryan grummelte vor sich hin.

»Wie gesagt, ich finde die Idee deine Großmutter super«, sagte Mona.

»Mir gefällt die Idee mit dem Abendessen viel besser«, sagte Chris. »Ich bin für Steak mit Pommes.«

»Du immer mit deinen Steaks«, neckte Mona. »Man könnte meinen, du hättest heute noch nichts gegessen.«

»Hab ich ja auch nicht.«

»Stimmt, außer den zwei Burritos eben auf der Prince Street und dem Brownie auf der Lexington und dem riesigen Milkshake.«

»Das war doch alles für den hohlen Zahn.«

Sie zog den Lidstrich des anderen Auges nach. »Sagte deine Wampe?«

»Ich hab keine Wampe. Ryan, sag ihr, dass ich keine Wampe habe.«

»Mona, er hat wirklich keine Wampe. Er ist länger und dünner als ich.«

»Aber er müsste eine Wampe haben, bei den Mengen, die er verdrückt. Das ist einfach unfair.«

»Jetzt fang nicht wieder damit an.« Chris verdrehte die Augen. »Du bist nicht fett.«

»Bin ich wohl. Guck hier.« Sie quetschte eine kleine Speckrolle an ihrem Bauch zusammen.

»Ryan, sag ihr, dass sie nicht fett ist.«

»Du bist nicht fett, Mona. Und könntet ihr mich bitte jetzt aus euren Kabbeleien raushalten? Ich muss einen Schlafsack bezwingen.«

»Siehst du?«, sagte Chris. »Du bist klein und kurvig. Männer stehen auf so etwas.«

»Welche Männer?« Sie schob die tiefrot geschminkte Unterlippe vor.

»Na, alle.« Er machte eine abwesende Geste mit der Hand.

»Die Cover der ganzen Modezeitschriften sagen aber etwas anderes.«

»Die sind ja auch nicht für Männer«, sagte Chris und hackte auf seine Tastatur ein.

»Aber für Frauen.«

»Eben. Für Frauen, die *denken*, sie wüssten, wie Männer ticken.« Chris sah auf und tippte sich an die Schläfe. »Wie sieht die Kleine eigentlich aus?«, fragte er an Ryan gewandt.

Dem wurde ein bisschen warm. Sie mussten wohl die Temperatur der Klimaanlage etwas niedriger stellen. »Ganz normal halt.« Er zuckte mit den Schultern.

»So schlimm?« Chris Stimme klang mitleidig.

»Nein, gar nicht schlimm. Sie kann mich nur nicht leiden, weil sie unbedingt ihren staubigen Buchladen behalten möchte.« Damit zerrte er den Schlafsack wieder aus der Hülle heraus. Einmal tief durchatmen und dann versuchte er von Neuem, eine schöne, kleine Rolle zu formen. Die hoffentlich diesmal passte.

»Und die macht bei der ganzen Sache einfach so mit?«, fragte Mona, während sie begann, den blutroten Lippenstift nachzuziehen.

»Sieht so aus«, antwortete Ryan. »Obwohl ich nicht genau weiß, warum. In der E-Mail klang es, als ob meine Großmutter viel von ihr hält. Ich schätze, dass sie im Zweifelsfall die weitaus besseren Karten hat.«

»Und weil du sowieso keine Chance hast, willst du dort einziehen?«, fragte sie.

»Wieso nicht, ich dachte, dir gefällt die Idee. Und klar zieh ich da ein, wenn das irgendwie meine Aussichten verbessert. Mensch, das wäre doch wohl der absolute Überhammer. Wenn ich den Laden tatsächlich bekomme, dann haben wir unseren eigenen Club.«

»Aus der Sicht deiner Großmutter finde ich diesen Wettbewerb genial, das ist richtig. Aber was dich angeht … ich weiß ja nicht, hast du dir das gut überlegt? Zu einer eigenen Bar – egal in welcher Form – gehört schon ein bisschen mehr dazu, als dich jeden zweiten Abend hinzusetzen und zu spielen.« Mona warf sich selbst einen Kussmund im Spiegel zu und zwinkerte. Offensichtlich war sie mit ihrem Make-up zufrieden.

»Sie hat recht«, sagte Chris. »Ich will mich um den ganzen Kram auch nicht kümmern. Bücher führen, Tische abwischen, Klempner anrufen, wenn die Toilette verstopft ist … ich will einfach nur spielen.« Er schwang die Beine aus dem Bett und betrachtete Ryans immer noch vergeblichen Versuch, dem Schlafsack Herr zu werden.

»Mir gefällt das Gesamtpaket. Ich wollte schon *immer* eine eigene Bar. Du machst mit deinen Apps und den anderen Programmiergeschichten doch auch noch Sachen neben der Musik.«

»Aber nur, weil sie mir Spaß machen.«

»Eben.«

Mona steckte den Lippenstift weg und wuschelte sich durch das fingerlange, schwarze Haar, bis sie mit Minirock, Nietenjacke und Netzstrumpfhose nach dem ultimativen Rocker aussah. Dann griff sie nach der Handtasche mit den Fransen. »Solange ich nicht Kellnerin spielen muss, hast du meinen Segen. So, und ich will jetzt die Gelegenheit nutzen und mir noch etwas von der Stadt ansehen, wenn ich schon einmal hier bin. Los Chris, heb die müden Knochen.«

Der grummelte nur irgendetwas von seinen Füßen.

»Komm schon, du willst doch was gegen deine Wampe tun.« Damit ging sie grinsend Richtung Tür.

»Ich hab keine Wampe«, raunzte Chris, setzte sich dann aber doch in Bewegung.

»Ihr könnt ja schon mal nach einer Wohnung suchen!«, rief Ryan den beiden hinterher und nahm den Kampf mit dem Schlafsack wieder auf.

***

Amy steckte gerade mit dem Kopf tief in einer Bücherkiste und angelte nach einem Exemplar mit vergilbten Seiten, als die Türglocke klingelte. Sie hätte nicht gedacht, dass Mister Ich-mache-eine-Kneipe-auf-und-verschandele-die-Gegend so schnell zurück sein würde. Und sie hatte noch nicht die geringste Lust, sich wieder mit ihm auseinanderzusetzen. Nur, um nicht möglicherweise einen Kunden zu vergraulen, hob sie den Kopf.

Eine junge Frau mit schwarzem Dutt und mausgrauem Kostüm stand vor ihr, hielt eine rosafarbene Kiste vor dem Bauch und machte große Augen. »Was soll das denn werden?«, fragte Kathy und schob ihre Brille mit dem Fingerknöchel nach oben.

Dabei blitzte kurz der Ring mit dem silbernen Totenkopf auf.

Amy war ziemlich platt. »Was machst du denn schon hier? Musst du nicht noch arbeiten?«

Ihre Freundin löste den Blick von den Kisten. »Doch, schon … hier.« Sie hielt Amy die Kiste hin. »Ich hab Cupcakes für den Leseclub besorgt, bin ja dran mit der Verpflegung. Der Laden war ein Geheimtipp von einer Freundin. Aber es kann sein, dass ich heute etwas länger machen muss, mein letzter Kunde für heute ist gewöhnlich sehr … penibel. Dann hätte ich es nach der Arbeit vielleicht nicht mehr geschafft. Deshalb hab ich gedacht, ich springe in der Mittagspause kurz rein.«

»Und was ist das für ein Laden?« Amy nickte zu der rosafarbenen Schachtel mit der Aufschrift *SweetCakes*.

»Ich hab sie extra nicht aufgemacht, damit ich nicht schwach werde«, sagte Kathy und biss sich auf die Unterlippe.

Amy hob den Deckel ein winziges Stück. Kleine, saftige Kuchen mit dicken, schaumigen Creme-Häubchen und winzigen Zuckerherzen lagen in wunderschönem rosafarbenem Papier. »Ach du meine Güte, die sehen ja himmlisch aus. Aber Kathy, ich hab doch keinen Kühlschrank hier.«

»Es ist ja nicht mehr lang und ich hab gedacht, der Lagerraum dürfte kalt genug sein. Apropos. Hier sieht es aus, als wäre der gerade explodiert. Wo sollen wir denn nachher sitzen?«

Amy verdrehte die Augen. »Ach, bis dahin bin ich fertig. Aber du glaubst im Leben nicht, was heute früh passiert ist.« Dann erzählte sie ihrer Freundin die ganze Geschichte, während sie die Cupcakes in der hintersten Ecke des Lagerraums verstaute.

Kathy sah sie lange an. »Das ist dein Ernst?«

»Ich kann's auch nicht glauben.«

»Und hier soll er jetzt schlafen?« Ihre Freundin deutete auf die schmale Schneise im Lagerraum.

Amy nickte. »Er holt gerade seine Sachen.«

»Und was hältst du davon?«

»Ich denke, es ist nur logisch. Immerhin muss er ja irgendwo schlafen. Und ich möchte ihn eigentlich nicht zu mir einladen.«

Kathy lachte. »Nein, ich meinte, was du von der ganzen Situation hältst. Von Ryan, von Beatrice' Plan ... von allem eben.«

Mit einem Seufzen rieb Amy sich die Oberarme. »Was soll ich schon davon halten? Ich wünschte, er wäre niemals hier aufgetaucht. Jetzt hoffe ich, dass er ganz schnell wieder verschwindet. Wird er vielleicht auch, wenn er feststellt, dass es hier keine Dusche gibt.« Sie grinste schief.

»Jetzt mal im Ernst, glaubst du, dass er es schaffen könnte, Beatrice zu überzeugen? Ich meine, wie will er das alles umsetzen?«

»Frag mich doch nicht. Aber wenn er es schafft, dann hab ich echt keine Ahnung, wo ich mit Otis hin soll.«

Der kleine Hund hob den Kopf, als er seinen Namen hörte und hechelte sie aufmerksam an.

Kathy hockte sich neben ihn und streichelte ihn zwischen den Ohren, dass sein Schwänzchen nur so wedelte.

»Ach, weißt du was, dann arbeitest du einfach bei uns im Studio. Und für unseren kleinen Racker hier finden wir auch noch ein Plätzchen. Nicht wahr, kleiner Mann? Joo, du bist ja so knuffig.« Der letzte Satz war in perfekter Babysprache intoniert. Es fehlte nur noch ein *Dutzidu*. Amy verdrehte die Augen.

Trotzdem war sie dankbar für das Angebot, auch wenn sie es nicht annehmen konnte. »Du weißt genau, dass ich Angst vor Nadeln habe.«

»Stell dir einfach vor, es wären Pinsel, das mach ich auch immer.«

»Scherzkeks. Nein, danke.«

»Dann wird dir wohl nichts anderes übrigbleiben, als deinen neuen Mitbewohner davon zu überzeugen, dass er ohne Bücher nicht leben kann.«

»Das hab ich ja sogar schon versucht. Dummerweise scheint er kein richtiges Verständnis dafür zu haben.«

»Dann musst du dich eben reinhängen.« Kathy schob den linken Ärmel ihres Kostüms nach oben und entblößte ein herrlich verschnörkeltes Tattoo, das sich über ihren gesamten, muskulösen Unterarm erstreckte: *Heute ist der wichtigste Tag deines Lebens.*

»Und das gilt für jeden Tag«, fügte sie mit ernstem Blick hinzu.

Angebot

Nach einer halben Ewigkeit hatte Ryan den Kampf gegen den Schlafsack doch noch gewonnen – fast. Ein dunkelblauer Zipfel hing heraus, aber schließlich würde er ihn gleich sowieso wieder auspacken. Wenigstens ließ er sich einigermaßen gut transportieren.

Gerade marschierte er mit Rucksack und Rollkoffer die 6th Avenue hinunter und bog an der roten Kirche mit dem runden Turm und den gotischen Fenstern nach rechts ab. Überhaupt schienen die Menschen hier viel von rotem Backstein zu halten. Fast jedes zweite Haus war mit dem rostigen Braun verklinkert.

Rechts und links von der Straße standen große Bäume in sattem Grün, nur vereinzelt lagen frisch gefallene, gelbe Blätter auf dem Boden. Die Gegend wirkte richtig malerisch. Überhaupt nicht wie eine Großstadt, sondern fast wie eine eigene Kleinstadt in der Stadt.

Gestern, als sie am Bahnhof angekommen waren, hätte er den Big Apple noch als graues Betonmeer bezeichnet. Aber hier stimmte das einfach nicht. Hier lebte die Farbe zwischen blassgrauen Hauseingängen mit schmalen Säulen, schwarzen Feuertreppen, die sich in Zickzackmustern die rote Fassade hinaufwanden, dem dunklen Grün der Bäume, das immer wieder das Braunrot der Backsteine durchbrach und dem Weiß der stuckverzierten Fensterrahmen.

Auch der Buchladen war aus rotem Backstein, die Eingangstür aus großen, viereckigen Scheiben zusammengesetzt und durch die Schaufenster konnte er bereits die Regale erkennen, in denen sich ein bunter Buchrücken neben den anderen reihte.

Als er die Tür öffnete und das Glöckchen klingelte, drehte der kleine schwarze Hund lediglich die Ohren in seine Richtung und schlief weiter.

Amy hatte derweil den ganzen Teppich mit Büchern gepflastert. Manche, die antik aussahen, andere, die noch eingeschweißt waren, dazwischen ein paar Exemplare, die er sogar gelesen hatte und andere, die er nicht mal mit der Kneifzange anfassen würde. Außerdem hatte sie begonnen, Stapel zu bilden.

Ganz offensichtlich hatte sie nicht nur Biss, sondern scheute auch nicht vor harter Arbeit.

Er ließ seinen Rucksack und den Koffer neben der Tür stehen. »Okay, was kann raus?«

Sie sah überrascht auf, als hätte sie ihn gerade erst bemerkt. Wahrscheinlich war sie zu sehr in ihren magischen Bücherwelten versunken gewesen. Er erinnerte sich an die kleine Rede von vorhin. Tatsächlich hatte Ryan noch nie jemanden so leidenschaftlich über bedrucktes Papier sprechen hören.

Sie blinzelte zweimal, dann deutete sie auf einen großen Stapel zu ihrer Linken. »Die habe ich aussortiert.« Dann auf zwei ganz besonders große Stapel neben der Tür. »Und die auch. Die Reihenfolge stimmt schon und im Abstellraum stehen noch zwei Weinkisten, die du für die Auslage benutzen kannst. Das sieht vielleicht ein bisschen netter aus als die weißen Tische.«

Er setzte sich in Bewegung.

»Auf dem Tresen liegt auch schon ein Schild«, rief sie ihm hinterher.

Als er mit den Kisten zurückkam, griff er nach dem quietschgelben Papier. Sie hatte es mit schwungvollen Buchstaben beschriftet und mit einem lachenden Buch sowie einer Sonne geschmückt. *Im Angebot! Wir suchen ein neues Zuhause ~ Viel Spaß beim Lesen!*

Er warf ihr einen Seitenblick zu und beobachtete, wie sie konzentrierte die Bücher sichtete und auf verschiedene Stapel verteilte. Ein paar goldblonde Strähnen rutschten hinter ihrem Ohr heraus und fielen wie eine Gardine vor ihr Gesicht. Sie sah wunderhübsch aus. Ohne es richtig zu bemerken, schob sie das Haar zurück und sortierte weiter.

Auf jeden Fall schien sie ihre Arbeit zu mögen und war mit Leidenschaft bei der Sache. Das respektierte er. Aber darauf konnte er leider keine Rücksicht nehmen. Er hatte ganz sicher keine Lust, den Rest seines Lebens Bücher zu schleppen.

Das Wetter war ziemlich warm für einen September-Tag. Er zog sich die Lederjacke aus und hing sie über einen der gepolsterten Stühle. Dann trug er die Bücher auf die Straße. Es dauerte nicht lange, dann spürte er, wie dicke Schweißtropfen seinen Rücken hinunterliefen und das Hemd an seiner Haut kleben blieb.

Aber er beschwerte sich nicht. Schließlich ging es um seinen Schlafplatz. Und er nutzte die Gelegenheit, um die Reaktionen der Menschen zu beobachten. Gelegentlich blieb jemand am Schaufenster stehen, aber die meisten gingen einfach vorbei, ohne auch nur den Blick zu heben.

Nachdem er das letzte Buch auf einer der Weinkisten abgestellt hatte, begutachtete er sein Werk. Keine Meisterleistung, aber es sah gar nicht so schlecht aus.

Obwohl die beiden weißen Tische leer blieben, wirkten sie gar nicht fehl am Platz. Im Gegenteil, sie luden zum Pause-Machen ein.

Er setzte sich kurz und sah die Straße hinunter. Der Buchladen befand sich direkt an einer Kreuzung. Das war perfekt für ein Ladenlokal. Vielleicht konnte er die Pianobar sogar nach draußen ausweiten. Aber es war sicher teuer, die Schaufenster so umzubauen, dass man sie öffnen konnte. Er schloss die Augen, legte den Kopf in den Nacken und atmete tief durch.

Jetzt noch ein Eiskaffee, dann wäre die Sache perfekt.

Eine Idee kitzelte ihn am Rande seines Bewusstseins.

Er stand auf und ging wieder hinein.

Amy hockte auf dem Fußboden und schob die letzten Bücher ganz unten in eins der hohen Regale.

Ryan wischte sich mit dem Handrücken den Schweiß von der Stirn. »Ich könnte eine Pause vertragen, was meinst du?«

Sie warf einen Blick auf die Uhr über dem Tresen.

»Es ist noch nicht Feierabend«, merkte sie an.

Er reichte ihr die Hand und half ihr auf die Beine. Dabei stellte er wieder einmal fest, wie winzig sie war. Würde er sie in den Arm nehmen, reichte sie ihm gerade bis zum Kinn. Nicht, dass sie so eine Aktion jemals zulassen würde. Aber die Vorstellung war schon irgendwie angenehm. Natürlich war sie viel zu sehr damit beschäftigt, ihn von sich wegzustoßen.

»Macht doch nichts«, sagte er. »Schließlich ist ja überhaupt nichts los.« Nur eine kleine Anspielung. Er kam sich dabei ziemlich genial vor. Schließlich musste er ihr irgendwie begreiflich machen, dass der Buchladen auf lange Sicht keine Chance hatte, sich zu tragen. Zumindest nicht im Vergleich zu seiner eigenen Vision.

Erst jetzt fiel ihm auf, dass er ihre schmale, weiche Hand immer noch in seiner hielt. Amy zog sie eilig weg und strich ihren Rock glatt. »Der Laden läuft hervorragend, genau so wie er ist.«

Offensichtlich war das mit der Einsicht von ihrer Seite nicht ganz so einfach. »Also, ich habe heute noch keinen einzigen Kunden gesehen.«

»Es ist eben ein ruhiger Tag. Das Wetter ist schön und die Leute gehen lieber im Park spazieren oder setzen sich in ein Café. Das hat nichts mit dem Laden zu tun, sondern gehört einfach zum Geschäft.«

»Ich sage, es liegt daran, dass dieses Ding hier genauso verstaubt ist wie euer Klavier«, er deutete mit einem Nicken auf das alte Instrument. Schon bei der Erinnerung an die jämmerlichen Töne, die es von sich gegeben hatte, juckte es ihm in den Fingern. Denn er hatte das Gefühl, dass die staubige Lady trotz des alten Körpers mit ein bisschen Arbeit wieder einen bemerkenswerten Klang produzieren konnte.

Amy hob die letzten drei Bücher vom Boden auf und legte sie mit mehr Kraft als nötig auf den Tresen. Noch bevor sie den Mund öffnete, wusste er, dass er die Sache völlig falsch anging.

»Das ist ein wunderhübscher, kleiner Laden. Wir sind vielleicht nicht so groß wie die ganzen Kettengeschäfte und unsere Auswahl ist begrenzter. Aber wir können alles beschaffen, was das Herz begehrt. Wir bieten eine individuelle Beratung und eine gemütliche Atmosphäre. Du kannst gerne nachfragen, unsere Stammkunden werden dir das mit Freude bestätigen.« Ihr Blick war kalt und das gefiel ihm überhaupt nicht. Er hätte zu gerne das Sonnenscheinlächeln zurück.

»So hab ich das gar nicht gemeint. Ich wollte nur …« Wenn er ihre Zustimmung gewinnen wollte, dann durfte er ihr nicht die Schwächen des Buchladens anführen, das wurde ihm jetzt klar. Also blieb nur, ihr die Vorzüge der Alternative aufzuzeigen.

Aber wie sollte er das machen? Er konnte schlecht über Nacht eine Piano-Bar ausstatten. Von welchem Geld auch? »Wie wäre das. Wir legen eine kleine Pause ein, ich mach dir einen Kaffee und sollte in der Zwischenzeit ein Kunde auftauchen, sehen wir das ja direkt.«

»Ich trinke keinen Kaffee«, sagte sie und schob die Unterlippe vor. Und sie sah dabei absolut überhaupt gar nicht hinreißend aus. Redete er sich zumindest ein.

»Ach nein? Und was war das heute Morgen?« Er deutete auf die rote Tasse die mittlerweile leer auf dem Tresen stand.

***

»Der war nur zum Wachwerden«, sagte Amy und fühlte sich in die Enge getrieben. »Ich bin eigentlich ein Teetrinker.« Und das war die Wahrheit. Wenn sie wählen könnte, würde sie immer den Tee bevorzugen. Außer, in der halben Stunde, die sie brauchte, um richtig im Laden anzukommen und sich für den Tag bereitzumachen. Da brauchte sie Koffein und Zucker. Beziehungsweise Zuckerersatzstoff ... Hauptsache: *süß*!

»Nicht mehr lange«, antwortete er mit einem Lächeln, von dem er bestimmt dachte, dass es die Frauen in die Knie zwang.

Und tatsächlich verfehlte es seine Wirkung nicht völlig. Amy spürte ein leises Zwicken kurz über ihrem Magen. Aber sie wusste viel zu genau, wie so etwas grundsätzlich endete. Mit ihr, auf der Straße, weinend und allein.

Nein, dazu hatte sie ganz sicher keine Lust. Dieses Leben lag weit hinter ihr. Erst recht, wenn es um die Zukunft des Buchladens ging.

Aber sie hielt ihn nicht auf. Wenn er unbedingt seine Zeit mit Kaffeekochen verschwenden wollte, dann sollte er das tun.

Sie machte sich schon einmal daran, die Polsterstühle für den Leseclub in einem Kreis aufzustellen, während er seinen Koffer öffnete.

Als sie mit dem Aufsteller für den Leseclub wieder aus dem Lagerraum kam, beobachtete sie, wie er eine große schwarze Maschine auf den Tresen wuchtete. Amy zog die Brauen hoch.

Das Ding war riesig und schwarz glänzend. Amy wunderte sich, dass die Maschine überhaupt in seinen Koffer gepasst hatte.

Eine weitere, wesentlich kleinere Maschine fand ihren Weg neben die Erste, zusammen mit einem silbernen Kännchen. Dann kam noch eine Flasche stilles Wasser dazu, ein brauner Papierbeutel und eine Packung Milch, um die ein Kühlakku gewickelt war?

Jetzt hatte er ihre volle Aufmerksamkeit.

»Was wird das denn?«, fragte sie.

»Kaffee natürlich.« Er grinste, denn natürlich wusste er, dass er sie bei ihrer Neugier gepackt hatte.

Schnell trug sie den bunten Aufsteller nach draußen und tat, als hätte sie nie etwas gesagt. Aber von der Tür aus beobachtete sie, was er da fabrizierte.

Erst warf er die Bohnen in die kleinere Maschine und dann dröhnte plötzlich ein krachendes Knirschen durch den Raum. Amy erschreckte sich so, dass sie sich im ersten Moment die Hände auf die Ohren hielt. Verlegen ließ sie die Arme wieder sinken. Wenn sie den Kopf ein wenig reckte, konnte sie dunkles Pulver sehen, das in eine kleine Schale fiel.

Frisch gemahlene Bohnen?

»Das Geheimnis eines guten Kaffees«, stellte Ryan sachlich fest, ohne aufzublicken.

Natürlich war das ein Köder, aber sie konnte nicht anders. Sie kam zum Tresen herüber und warf einen Blick in den kleinen Becher mit dem schwach duftenden Pulver.

»Ich seh keinen Unterschied zu dem aus der Vakuumverpackung.«

Ryan griff in die braune Papiertüte, fischte eine Kaffeebohne heraus und hielt sie zwischen zwei Fingern in die Luft. »Das ist eine winzige Kapsel voll mit Geschmacksstoffen und Ölen. Von Mutter Natur perfekt verpackt, ein exzellenter Schutz gegen alle äußeren Einflüsse.« Er warf die Bohne zurück und kippte das Pulver in eine löffelartige Form, die er von der großen Maschine abgenommen hatte. »Wenn du die Kapsel aufbrichst und die einzelnen Teile immer weiter verfeinerst, dann erzeugst du eine riesige Oberfläche.« Er drückte das Pulver in der neuen Form fest. »Winzig kleine Körnchen und jedes einzelne davon nur zu bereit, all seine wertvollen Inhaltsstoffe an die nächstbeste Flüssigkeit abzugeben – auch die in der Luft. Ergo …« Er sah auf und erwartete scheinbar eine Antwort von ihr.

Natürlich war ihr völlig klar, dass der Kaffee einen Teil von seinem Geschmack verlor, wenn man ihn in geriebener Form aufbewahrte. Und sie hätte ihm gerne geantwortet, nur, um sein atemberaubendes Lächeln noch einmal zu sehen. Aber sie riss sich zusammen.

Amy konzentrierte sich mit aller Macht auf den kleinen Bücherstapel, der direkt neben ihm stand. Um nicht der Versuchung zu erliegen, weiter Interesse zu zeigen, trug sie die Bücher nach draußen.

Er hatte die Auslage richtig nett hergerichtet und das Schild schön sichtbar aufgestellt.

Anscheinend gab er sich ehrlich Mühe, ihr eine echte Chance zu geben. Vielleicht sollte sie genauso viel Größe beweisen.

Andererseits, was hatte *er* schon zu verlieren? Wenn sie recht hatte und er ein drogensüchtiger Rocker war – der aus unerfindlichen Gründen eine wahrscheinlich sündhaft teure Kaffeemaschine mit sich herumschleppte – dann hatte er rein gar nichts zu verlieren.

Und alles zu gewinnen.

Amy versuchte, diese Gedanken zu ignorieren. Sie durfte unter keinen Umständen weich werden.

Für sie stand schließlich ihre gesamte Zukunft auf dem Spiel.

Von drinnen hörte sie noch mehr Zischen und Dröhnen und durch das Schaufenster konnte sie sehen, wie Ryan konzentriert auf die Tasse starrte.

Als er den Kopf hob, richtete sie ihren Blick schnell auf die beiden weißen Tische. Für die bräuchte sie noch eine Decke, bevor sie Bücher darauf arrangieren konnte. Vielleicht würde auch etwas altes Packpapier funktionieren.

Sie öffnete die Ladentür. Der gesamte Raum war erfüllt, von dem würzig, warmen Duft, nach frisch gebrühtem Kaffee.

Das war etwas völlig anderes als der Kaffee aus ihren kleinen Instanttütchen.

Ryan hatte sich das silberne Kännchen genommen und hielt gerade den gekrümmten Hahn der Maschine hinein. Dabei entstand ein gurgelndes Zischen.

»*Echter* Milchschaum«, sagte Ryan und blickte mit einem amüsierten Lächeln auf.

Kaffee

»Das ist ja ganz schön viel Aufwand für einen einfachen Kaffee«, sagte Amy und musste zugeben, dass sie schwach geworden war. Sie wollte unbedingt wissen, was es mit dieser ganzen Aktion auf sich hatte.

»Du hast recht, es ist schon ein bisschen Arbeit, aber das Ergebnis ist auch ganz sicher kein *einfacher* Kaffee.«

Damit goss er den Milchschaum in die beiden Tassen.

Amy nickte zu dem riesigen schwarzen Ding. »Und diese zischende, dröhnende Höllenmaschine schleppst du immer mit dir herum? Ist die nicht schwer?«

»Sehr. Aber sie ist die zweite Sache, die ich immer mitnehme, wenn ich auf Reisen gehe. Du glaubst ja gar nicht, was die dir manchmal als Kaffee verkaufen wollen.« Er schüttelte sich.

Amy biss an. »Was ist die Dritte?«

»Ein Schraubenschlüssel.« Damit nahm er die beiden Tassen und ging grinsend nach draußen. Jetzt war sie ganz sicher, dass er sie veräppelte.

Sie folgte ihm und er stellte zwei schicke, weiße Tassen mit edel geschwungenem Henkel auf den Tisch.

Er machte ein bisschen Platz, stellte sich hinter einen der Stühle und machte eine einladende Geste. »Bitte sehr, ein *echter* Milchkaffee.«

In Amys Brust begann ein vages Vibrieren. Sie konnte sich nicht erinnern, je so von einem Mann behandelt worden zu sein. Nicht einmal bei einem Date. Und das hier war ja nun ganz sicher kein Date.

Sie starrte auf den Stuhl, auf die Tassen, auf seine ausgerissene Hose und dann auf sein breites, freundliches Lächeln. Konnte er wirklich so ein schlechter Mensch sein?

Er will den Laden Amy, er will nur den Laden.

Aber am Ende siegten der Duft, der aus den Tassen stieg, und ihre Neugier. Außerdem war es ja nur ein Kaffee, oder?

Sie setzte sich, er schob den Stuhl für sie heran und Amy spürte, wie seine Hand ihre Schulter streifte. Um nicht über das Kribbeln nachzudenken, was sich von dort ausbreitete, griff sie nach der Tasse.

Er stand immer noch halb hinter ihr, sie konnte die Wärme seines Körpers spüren und ihr Bauch sagte ihr, dass keine Gefahr von ihm ausging. Aber ihr Kopf schaltete sofort alle Alarmglocken ein.

Statt weiter darüber nachzudenken, blickte sie sich suchend um.

»Was fehlt dir?«, fragte er und wirkte ein bisschen nervös. Aber das war sicher nur Einbildung.

»Zucker«, sagte sie schlicht und wollte schon aufstehen.

Er legte die Hand auf ihre Schulter. Warm, breitete sich eine Gänsehaut über ihren Rücken aus. Sein Griff war bestimmt, aber nicht zwingend, er schüttelte ernst den Kopf. »Glaub mir, den brauchst du nicht.«

»Aber ich trinke meinen Kaffee immer mit Zucker«, setzte sie zu einem Widerspruch an. Trotzdem lehnte sie sich fürs Erste zurück und versuchte, ihren Atem flach zu halten.

»Nach den kleinen Instanttütchen zu urteilen, die ich im Mülleimer gesehen habe, trinkst du *braunes Wasser* mit Zucker. Das kann ich verstehen. Ohne würde das sicher einfach nur bitter schmecken. Aber der hier braucht keine zusätzliche Süße. Probier ihn wenigstens einmal. Wenn es dir nicht schmeckt, krieche ich vor dir im Staub.« Sie spürte das Grinsen in seiner Stimme.

Mehr als nicht schmecken konnte das Gebräu wohl nicht.

Schließlich zuckte sie mit den Achseln und kostete. Weicher Milchschaum benetzte ihre Oberlippe und dann schob sich samtiger Kaffeegeschmack auf ihre Zunge. Der erste Schluck schien ihr doch ein wenig bitter, aber es war kein Vergleich zu ihrem Morgenkaffee. Gleich beim zweiten Schluck merkte sie, dass der hier etwas völlig anderes war. Nur ein winziger Hauch von Bitterkeit und überhaupt nicht scharf. Ganz anders als jeder Kaffee, den sie bisher getrunken hatte. Irgendwie weich und rund und herzhaft aromatisch.

Sie sah überrascht auf.

Mit einem selbstzufriedenen Grinsen ließ Ryan sich in den gegenüberliegenden Stuhl fallen. »Hab ich doch gesagt.« Er verschränkte die Hände hinter dem Kopf und dabei spannte sich sein T-Shirt über der Brust.

Statt einer Antwort steckte Amy schnell ihre Nase in die Tasse. Aber hingucken musste doch eigentlich erlaubt sein, oder?

Nur mögen, das durfte sie ihn nicht. Weil er ein Mann war, weil er in einer Band spielte und ihr auch noch die Zukunft stehlen wollte. Alles gute Gründe.

Aber Kaffee machen, das konnte er.

Sie nippte genüsslich an der Schaumkrone, als sie plötzlich eine bekannte Stimme höre.

»Was sehe ich denn da?« Es war Misses Lewis, eine jung gebliebene Mittvierzigerin, die ihrem Mann den Haushalt schmiss und sich nebenbei um ihren kranken Schwiegervater kümmerte. Jeden zweiten Tag kam sie vorbei, um ein bisschen in den Büchern zu stöbern und ein kleines Pläuschchen zu halten. »Das sieht aber köstlich aus. Sie servieren jetzt auch Kaffee? Das ist ja eine hervorragende Idee. Kann ich vielleicht auch einen bekommen? Das wäre göttlich.«

Amy konnte gar nicht so schnell denken, wie Ryan auch schon aufgesprungen war und der Dame seinen Platz anbot. »Aber sicher doch. Wissen Sie was, nehmen Sie einfach meinen, ich habe ihn noch nicht angerührt und mache gerne einen Neuen.« Damit verschwand er auch schon im Laden.

»Ein sehr zuvorkommender Bursche. Wer ist denn das?«, fragte Misses Lewis, während sie sich setzte und bereits die Tasse an die Lippen führte.

Amy verkniff sich eine Grimasse. Sie wollte gerade antworten, da verdrehte ihre treue Kundin auch schon die Augen. »Göttlich!«, rief sie und wiederholte das Wort noch zweimal, bevor sie den Kaffee ihrer Meinung nach genügend gewürdigt hatte.

»Den hat er selbst gemacht?« Damit nahm sie einen großen Schluck und summte dabei genüsslich vor sich hin.

Amy nickte und erklärte die Situation so vage wie möglich.

»Misses Benson hat einen Enkel?«, fragte Misses Lewis erstaunt.

Amy wusste nicht, was sie darauf antworten sollte, aber Misses Lewis hatte gerade die Auswahl an Sonderangeboten entdeckt und sprang mit einem freudigen Juchzen auf.

Dadurch wurde ein junges Pärchen aufmerksam. Der Mann beäugte neugierig die Bücher und seine Frau warf einen sehnsüchtigen Blick auf Amys Tasse. »Gibt es hier auch Kuchen?«, fragte sie.

Amy setzte sich aufrechter hin. »Tut mir leid, wir sind ein reiner Buchladen.«

»Oh, schade«, sagte die Frau und ihr Blick hing weiter an der Tasse.

»Bitte, Schatz, nur fünf Minuten«, sagte der Mann und machte einen halben Schritt zu den Weinkisten hin, auf denen die Bücher ausgestellt waren.

Aber seine Frau hielt ihn am Ellbogen zurück. »Du brauchst doch immer Stunden und ich hab wirklich Hunger.«

»Okay, okay, wir gehen erst etwas essen.« Damit entfernten sie sich wieder und Amy starrte den beiden hinterher.

Sie hörte ein Klingeln und dann wuselte Otis unter den Tisch, wo er es sich gleich zwischen ihren Füßen gemütlich machte. Sie warf einen Blick zur Tür, aber die fiel gerade wieder zu. Auch Ryan hatte das Pärchen offensichtlich bemerkt und kratzte sich am Kinn. Er zog sein Handy aus der Tasche.

Aber Amy wollte überhaupt nicht wissen, mit wem er da sprach. Wer konnte schon sagen, was für hinterlistige Pläne er schmiedete.

Lange würde sie sich das nicht mehr einreden können, vielleicht war er ja doch nur ein ganz netter Kerl.

Andererseits hatte sie sich schon oft genug geirrt. Gerade deshalb gab es ja die goldene Regel. An die sie sich in den letzten Jahren ziemlich gut gehalten hatte.

Dadurch war sie ganz sicher vor dem einen oder anderen Fehltritt bewahrt worden. Und deshalb würde sie sich auch dieses Mal daran halten.

Denn Tatsache blieb, dass er in einer Band spielte und den Laden in eine Bar verwandeln wollte. Das war Grund genug, sich fernzuhalten.

Misses Lewis setzte sich mit zwei dicken Fundstücken wieder an den Tisch und griff nach ihrem Kaffee. »Darf ich die Bücher hier am Tisch lesen?«

»Sicher, Misses Lewis.«

»Sie sind ein Engel.« Damit drückte sie Amy einen Fünfziger in die Hand. »Behalten Sie den Rest.«

»Aber Misses Lewis, das ist doch zu viel, das kann ich unmöglich annehmen.«

»Ach was, natürlich können Sie das. Für den Kaffee, die freundliche Bedienung und überhaupt. Sie wissen, dass ich gerne herkomme, Amy.«

»Danke, aber das ist wirklich nicht nötig.« Amy lief rosa an.

»Wenn Sie es mir zurückgeben, bin ich beleidigt.« Misses Lewis lächelte breit, schlug ihr Buch auf, hob es dicht vor ihr Gesicht und hielt mit geschlossenen Augen die Nase hinein.

Amy lächelte. »Ich bin gleich wieder da.« Aber die gute Frau war bereits mit allen Sinnen in ihre neue Geschichte vertieft.

Otis sprang auf und trottete hinter Amy her. Die lächelte versonnen und sah, wie Ryan gerade sein Gespräch beendete.

»Na, hab ich's nicht gesagt?«, fragte er mit einem Funkeln in den Augen, das in ihrer Brust summte.

»Was gesagt?«, fragte sie.

»Dass ein Café eine geniale Sache ist. Das ist vielleicht genau das, was dem Laden fehlt.«

»Ein Café? Ich dachte, du wolltest eine Bar daraus machen?«

Er hob die Hände. »Hey, es ist ein Anfang. Vielleicht wird es tagsüber ein Café und abends eine Piano-Bar. Oder generell eine Mischung aus beidem. Ich bin flexibel. Was immer den Leuten gefällt. Was immer am besten für den Laden ist.« Er glühte förmlich von innen.

Amy hätte es niemals zugegeben, aber zumindest bei Misses Lewis war seine Idee sehr gut angekommen und die war schon seit Jahren Stammkundin.

Aber nein. Sie waren ein Buchladen, sie verkauften Bücher, Geschichten, Urlaub für die Seele. Das war alles. Und es war mehr als genug … oder?

Buchclub

Ryan hatte die Hintertür nur halb geöffnet und beobachtete interessiert das muntere Treiben. Etwa ein Dutzend Frauen in jedem Alter saßen gemeinsam in einem Stuhlkreis und unterhielten sich so enthusiastisch, als würde es um die Baseball-Weltmeisterschaft gehen.

Nicht alle, eine junge Frau mit kurzem Haar und Flickenrock knetete ihre Hände und starrte auf den Boden. Und eine ältere Dame mit grauem Dutt hatte sich in ihr Buch vertieft. Die anderen schnatterten durcheinander und die Luft summte vor freudiger Erwartung. Wegen Büchern!

Er konnte es nicht fassen. Sie waren mindestens so begeistert wie Amy, die am anderen Ende vom Zimmer saß und gerade ein Buch aus einem hübsch angerichteten Korb zog. Sie neigte sich zu ihrer Stuhlnachbarin im mausgrauen Kostüm und lachte über irgendetwas.

Amy hatte so ein wunderhübsches Lachen. Und ihr Gesicht strahlte, sobald es um Bücher ging.

Diese Eigenschaft hatte sie mit den anderen Anwesenden gemeinsam. Und sie waren nicht die einzigen, die solche Gefühle für Bücher entwickeln konnten. Die Dame vom Nachmittag hatte an ihrem frisch gekauften Buch sogar geschnuppert … mit der *Nase*.

Okay, zugegeben, womit sonst. Aber trotzdem. Waren Bücher nicht einfach geruchlos?

So unauffällig wie möglich zog er ein Buch aus dem nächstgelegenen Regal, hob es vor sein Gesicht und öffnete es ein Stück. Langsam sog er die Luft ein, aber es roch nach gar nichts, oder?

Vielleicht ein bisschen nach Papier und ein ganz klein wenig nach Staub.

Genau in dieser Sekunde hob Amy ihren Blick. Eilig richtete er seine Augen auf die Zeilen und tat, als würde er lesen. Als er wieder aufsah, tuschelte Amy mit ihrer schwarzhaarigen Sitznachbarin, die ihn neugierig ansah. Er schob das Buch beiläufig zurück ins Regal und zog sich in den Lagerraum zurück.

Ja, er las auch gelegentlich ein Buch. Von manchen war er sogar richtig begeistert. Aber das hier … der Bücherclub, an Büchern riechen, in Büchern leben, das schien ihm wie eine völlig andere Welt. Er hätte nicht geglaubt, dass simple Buchstaben auf Papier so viel Freude und Gemeinsamkeit erzeugen konnten, wie sie jetzt gerade im Vorraum stattfand.

Nachdenklich starrte er auf die vielen Kisten und überlegte, ob an Amys Ausführungen zu Büchern tatsächlich etwas dran sein konnte.

Er zog seinen Schlafsack wieder aus der Hülle und begann sein Lager aufzubauen, während die Damen mit ihren Bücherhelden beschäftigt waren.

Doch die ganze Zeit blieben seine Gedanken im Verkaufsraum. Er fragte sich, was sie da taten. Vorlesen? Diskutieren? Beides?

Es klang auf jeden Fall spannend, das Lachen, die aufgeregten Stimmen, die Stille dazwischen. Amy hatte ihn eingeladen mitzumachen, aber er hatte natürlich abgesagt. Was wollte er da schon? Es waren ja nur Bücher. Noch dazu solche, die er nie gelesen hatte oder lesen würde.

Als er gerade die Isoliermatte ausrollte, entdeckte er eine rosafarbene Schachtel in der hintersten Ecke des Raumes, die am Vormittag noch nicht dagewesen war. Er warf einen Blick hinein und entdeckte frische Cupcakes, die liebevoll mit Zuckerherzen dekoriert waren.

Das war die ultimative Gelegenheit. Sofort wusste er, dass sein Job für heute noch nicht beendet war.

***

Kathy schwärmte gerade mit Hingabe von dem Hauptcharakter ihres aktuellen Buchs, aber Amy hörte nicht ganz hin. Ihr Blick war auf die Hintertür geheftet.

Hatte sie eben tatsächlich gesehen, wie Ryan an einem Buch gerochen hatte? Konnte das sein?

Außerdem hörte sie schon seit ein paar Minuten leise Malm- und Zischgeräusche. Sie war nur froh, dass sich zwei Türen zwischen ihnen und der Höllenmaschine befanden, und der Leseclub sich weiter ungestört unterhalten konnte – fast.

War es zu viel von ihm verlangt, sich mit seinem nächsten Kaffee wenigstens so lange zu gedulden, bis der Leseclub für heute fertig war?

»Was meinst du, Amy?«, fragte Kathy gerade.

Amy biss sich auf die Lippe. »Ich weiß nicht, er ist ja ganz nett anzusehen und so, aber ich bin mir nicht ganz sicher, ob er der Richtige für sie ist.«

Kathy blinzelte verwirrt. »Süße, wo bist du mit deinen Gedanken? Ich hab gefragt, ob wir jetzt Pause machen sollen. Ich hab doch Cupcakes mitgebracht.«

Amys Wangen wurden ganz heiß. »Natürlich«, murmelte sie und wollte gerade aufstehen, da ging die Hintertür auf und Ryan balancierte zwei Tassen und den Cupcake-Karton in ihre Richtung. »Hab ich etwas von Pause gehört?«, fragte er mit einem gewinnenden Lächeln. Sofort startete eine kleine Welle aus kicherndem Murmeln durch die Runde. Selbst die schüchterne Doris fuhr sich durch das kurze Haar und zeigte ein kleines Lächeln.

Amy konnte es einfach nicht glauben. Die Damen waren hin und weg. Ryan reichte inzwischen die beiden

Tassen weiter und gab Kathy die Cupcakes, dann verschwand er wieder und tauchte mit einer leeren Weinkiste als Tischersatz und noch mehr Kaffee wieder auf.

Offensichtlich hatte er ihren nicht-wirklich-geheimen Tassenvorrat entdeckt, denn das Aufgebot war ein bunter Mix aus den unterschiedlichsten Behältnissen: Eine blaue, bauchige mit wunderschönen, türkisfarbenen Schnörkeln, eine schwarze, schlanke mit der Aufschrift *Lesetasse* und sogar die ganz große mit dem schicken Fotodruck von Otis, auf dem er eine knuffige Weihnachtsmann-Mütze trägt.

Das glückliche Schnattern der Anwesenden zeigte ihr, dass Ryan mit seiner Aktion voll ins Schwarze getroffen hatte. Ein freundlicher junger Mann, der Kaffee servierte und dabei auch noch hinreißend aussah. Sie spürte ein fremdes Ziehen im Magen.

Dabei war das eine absurde Idee. Ein Buchladen mit Café. Pha!

Okay, eigentlich war es ganz und gar keine so weit hergeholte Idee. Es gab genug Buchläden, die genau diese Kombination anboten. Himmel, sogar in ihrer Bank konnte sie einen Kaffee bekommen. Nicht *so* einen Kaffee, aber trotzdem einen Kaffee.

Sie seufzte leise und starrte auf die rote, heiße Tasse, die vor ihr auf der Weinkiste wartete.

Das eigentliche Problem war, dass es *seine* Idee war und … dass es *ihr* Buchladen war. Oder sein sollte. Ein einfacher Buchladen, aber ein gemütlicher, in den die Leute gerne kamen, um zu stöbern, sich zu unterhalten und einzukaufen.

Sie versuchte, irgendeinen Makel an seiner Idee zu finden. Dann fiel ihr ganz plötzlich etwas ein. Ein winziger, aber entscheidender Haken. »Du, sag mal, ist der Wasserdampf nicht schädlich für die Bücher?«, fragte sie und versuchte, nicht allzu sehr zu triumphieren. Das musste doch ein Totschlagargument sein, oder?

»Wäre er bestimmt, aber meine Espresso-Maschine arbeitet nicht mit Dampf, sondern nur mit Druck. Das Wasser wird nicht bis zum Siedepunkt erhitzt.«

Ihre Lippen formten ein kleines *o*, er hatte wohl auf alles eine Antwort.

»Sie wissen ja richtig gut Bescheid über Kaffee«, die rothaarige Sally warf ihm einen atemberaubenden Augenaufschlag zu und Amy gefiel das gar nicht. Das lag natürlich nur daran, dass sie Sally beschützen wollte. Vor so einem … Band-Casanova. Aber wahrscheinlich konnte man Sally vor gar nichts beschützen, erst recht nicht vor einem Mann. Vielleicht musste sie sich eher um Ryan Gedanken machen. Oder auch nicht. Er sprang nämlich gar nicht auf ihren Kommentar an. Stattdessen wurde er ganz still.

»Wie wäre es, wenn wir weitermachen? Sally, welche Stelle in dem Buch hat dir am besten gefallen.«

Sofort hatte Amy wieder die volle Aufmerksamkeit des Buchkreises.

Ryan schien erleichtert und warf ihr ein dankbares Lächeln zu. Dann verzog er sich wieder nach hinten.

* * *

Amy sammelte die letzten Tassen ein. Die anderen waren bereits gegangen, nur Kathy half ihr noch aufzuräumen und abzuspülen. Das war in dem winzig kleinen Waschbecken des Gäste-WCs eine Kunst für sich. Deshalb stand ihre Freundin auf dem Gang und trocknete ab, was Amy ihr reichte.

»Er ist schon niedlich, oder?«, fragte Kathy und starrte völlig unschuldig auf die Tasse in ihren Händen.

Amy blickte sich nervös um. Aber als der Buchclub sich aufgelöst hatte, war er mit einem merkwürdigen Schraubenschlüssel an ihr vorbeigerannt. Seitdem hockte er im Verkaufsraum und spielte immer wieder verschiedene Tastenkombinationen auf dem alten Klavier.

»Ich weiß nicht. Mir ist er unsympathisch«, behauptete Amy.

»Ja, genau, das glaube ich dir sofort«, sagte Kathy mit ironischem Unterton. »So wie du ihn angesehen hast.«

»Ich hab ihn überhaupt nicht angeguckt.«

»Gut, dann eben so, wie du ihn *nicht* angeschaut hast.«

»Er ist in einer Band.«

»Na und? Umso besser? Dann kann er dir kostenlose Tickets besorgen.« Kathy grinste.

Amy verdrehte die Augen. Sie hatte Kathy nicht viel über ihre Vergangenheit erzählt, nur, dass sie sich so gut es ging von Männern fernhielt.

Denn nachdem Beatrice sie aufgenommen hatte, wollte sie all das einfach nur hinter sich lassen und bisher hatte das auch hervorragend funktioniert.

Aber irgendwie … seit Ryan in ihr Leben getreten war, schien alles unter ihr zusammenzubrechen. Nicht nur ihre Zukunft war unsicher, sondern auch ihre Vergangenheit drohte sie erneut einzuholen.

»Und was, wenn er gewinnt?«, fragte Amy. Um ihre Freundin an die Situation zu erinnern.

Kathy zuckte mit den Schultern. »Du musst ihn einfach überzeugen. Immerhin arbeitest du schon jahrelang hier. Und wenn seine Idee tatsächlich besser ist, ich meine, musst du den Laden denn unbedingt übernehmen? Du warst als Angestellte doch bisher auch immer glücklich.«

»Schon … aber das hier … was er euch heute gezeigt hat, das ist ja nur der Anfang, ein Übergang. Er hat mir wiederholt gesagt, er will hier eigentlich eine Bar draus machen. Und ich hab echt keine Lust, als Kellnerin zu arbeiten. Ich will bei meinen Büchern bleiben.«

Kathy legte ihr einen Arm um die Schultern. »Hey, Kopf hoch. Das wirst du auch. Du musst einfach nur einen Weg finden, ihm zu beweisen, dass ein Buchladen eine tolle Sache ist.«

Mit einem tiefen Seufzen reichte Amy ihr die letzte Tasse. »Wenn das so einfach wäre.«

»Was ist das Beste an einem Buch?«, fragte Kathy.

»Dass es dich berührt«, antwortete Amy ohne zu zögern.

Kathy nickte. »Dann musst du ihm genau das sagen oder besser noch zeigen.«

»Ich weiß nur nicht wie.«

Kathy sah ihre Freundin fest an. »Süße, ich kenne dich jetzt schon eine ganze Weile und obwohl du nicht darüber sprichst, weiß ich, dass du harte Zeiten hinter dir hast. Dagegen ist das hier doch sicher ein Klacks. Oder?«

Mit einem unsicheren Lächeln sah sie ihre Freundin an. Amy war unsagbar dankbar für den Zuspruch. »Ich denke schon.«

»Na also. Und zur Not finde ich eine Stelle für dich in der Gehaltsabteilung von meinem Chef. Da hast du dann auch mit Büchern zu tun.« Sie lachte und knuffte Amy in die Seite.

»Kopf hoch.«

Sie hatte völlig recht. Amy war in ihrem Leben schon mit ganz anderen Dingen fertig geworden. »Du hast vollkommen recht.« Sie hob das Kinn und wappnete sich für den Kampf.

Klavier

Als ihre Freundin gegangen war, blickte Amy sich im Laden um. Ryan beugte sich gerade über das Klavier. Er hatte die Abdeckung heruntergenommen und so war die Sicht frei auf viele Dutzend, sauber nebeneinander aufgereihte Saiten. Die vielen geraden Linien nebeneinander sahen richtig hübsch aus. Fast ein bisschen wie Buchrücken, die sauber nebeneinander im Regal standen.

Während sie die Stühle zusammenstellte, warf sie ihm gelegentlich einen möglichst unauffälligen Blick zu. Alles in allem war heute gar kein so schlechter Tag gewesen. Im Gegenteil, Misses Lewis war mit ihren zwei Büchern nicht die Einzige geblieben. Und das trotz des herrlichen Wetters.

Sogar der Bücherclub hatte noch ausgiebiger zugeschlagen als sonst. Sie konnte nicht umhin, zuzugeben, dass das wahrscheinlich am Kaffee gelegen hatte – zumindest zum Teil. Vielleicht auch an der Gegenwart eines gewissen männlichen Wesens, wer konnte das schon so genau sagen.

Als sie das Schild an der Ladentür auf *Geschlossen* drehte, legte Ryan gerade zum wahrscheinlich hundertsten Mal die Finger auf die Tasten und spielte ein paarmal dieselbe Kombination aus Tönen. Dabei benutzte er den merkwürdigen Schraubenzieher, um immer wieder, mit kleinen ruckartigen Bewegungen an den silbernen Knöpfen zu drehen, an denen die Saiten befestigt waren.

Sie ging zur Kasse, um dort sehr konzentriert das Kleingeld zu zählen und aufzufüllen, ohne auch nur einmal aufzublicken.

Das klappte natürlich überhaupt nicht, ihr Blick wanderte immer wieder zu ihm herüber.

Mittlerweile fragte sie sich, wo er das ganze Zeug überhaupt unterbrachte, das war doch nicht mehr normal. Riesengroße Kaffeemaschinen aus der Hölle, Schlafutensilien, Schraubenschlüssel. Wo war denn da noch Platz für seine Kleider?

Oder hatte er nicht vor, die zu wechseln?

Das konnte sie nicht glauben … dafür roch er einfach viel zu gut. Nach Kaffee und Milchschaum. Wieder huschten ihre Augen zu ihm herüber.

»Du kannst ruhig zugucken«, sagte er über die Schulter und sie fühlte sich ertappt.

Er hatte ihre Blicke doch bemerkt und Amy gab sich geschlagen. Sie kam zu ihm herüber. »Wie funktioniert das?«, fragte sie.

Er schmunzelte ganz leicht. »Zuerst korrigierst du das *a* mit der Stimmgabel.« Er zog eine Stimmgabel aus der Hosentasche, klopfte damit gegen den Holzkörper und hielt sie ihr neben das Ohr. Dann schlug er eine der Tasten an, die er eben gestimmt hatte. Amy fand, dass es ganz nett zusammenklang, hätte aber nicht sagen können, ob es tatsächlich derselbe Ton war.

»Anschließend stimmst du die anderen Töne darauf ab.« Damit schlug er zwei Töne gleichzeitig an und begann wieder kleine, ruckelnde Bewegungen mit dem Schraubenschlüssel zu machen, bis er mit dem Klang des Ergebnisses zufrieden war. Anschließend zog er ein Stück Band zwischen den Saiten heraus und steckte es an einer anderen Stelle wieder herein. Eine neue Tastenkombination erklang.

»Gibt es eigentlich irgendetwas, das du nicht kannst?«

»Singen.«

»Scherzkeks.«

»Nein, ehrlich, da bin ich ganz schlecht drin.« Er legte den Kopf zur Seite. »Aber Stepptanz kann ich.«

Amy schüttelte amüsiert den Kopf. »Machst du so etwas öfter?«, fragte sie.

»Gewöhnlich hab ich keinen Grund, um einen Stepptanz hinzulegen.«

Sie verdrehte die Augen und Ryan lachte. »Klaviere stimmen? Nur, wenn ich gerade versuche aus Buchläden kleine Schmuckstücke mit Live-Musik zu machen.« Er grinste schief und sie spürte ein seltsames Kribbeln im Bauch. Das musste unbedingt wieder aufhören.

»Ernsthaft? Ich mach das nicht besonders oft, aber ich kann mir so ein paar Dollars dazu verdienen, wenn wir gerade keine Auftritte haben.«

»Ist das nicht gefährlich? Ich hab mal gelesen, dass man sich mit einer gerissenen Saite den Arm abschneiden kann.«

»Nicht, wenn man weiß, was man tut. Und ich hab damit angefangen, als ich siebzehn war. Nicht regelmäßig und es gibt sicher viele Leute, die noch wesentlich schönere Klangergebnisse hervorbringen. Aber was ich produziere, ist spielbar und das ist mein Ziel. »

»Wie kommt man denn zu so etwas?«

Viel zu neugierig, Amy.

»Ich hatte mal einen Auftritt, bei dem war eine Taste des Flügels völlig verstimmt. Beziehungsweise, der größte Teil des Publikums hat es glaube ich nicht mal gemerkt. Aber mich hat es so abgelenkt, dass ich schrecklich gespielt habe. Und da hab ich mir geschworen, dass mir so etwas nie wieder passiert.«

Die meisten Bandmitglieder, die Amy bisher über den Weg gelaufen waren, hätten wahrscheinlich nicht mal gemerkt, wenn eine Saite ihres Instruments gefehlt hätte, geschweige denn, dass sie verstimmt war. Außerdem spielten sie Gitarre und das auch nur dann, wenn sie high waren. Beziehungsweise, wenn man bereit war, das kreischende Schrummeln, das sie von sich gaben, als *spielen* zu bezeichnen. »Und warum willst du den alten Kasten spielen?«

»Na, ich möchte dir doch beweisen, dass der Laden eine hervorragende Piano-Bar abgeben würde. Das schaffe ich am besten, wenn ich dir zeige, wie es aussehen *könnte*, oder? Und wenn ich schon mal ein Klavier zur Verfügung habe, dann nutze ich das ganz sicher aus.«

Bei der nächsten Tastenkombination machte Otis einen erschreckten Satz und kläffte.

»Gefällt dir nicht?«, fragte Ryan und kraulte die kleine Dogge zwischen den Ohren. »Kann ich verstehen. Weißt du was, ich mach eine Pause, bis du mit Frauchen nach Hause gegangen bist.«

Amy sah ihn halb skeptisch und halb überrascht an. Er war zu nett, um echt zu sein. Wieder musste sie sich daran erinnern, was sein Ziel war.

Aber Otis mochte ihn. Und Otis hatte normalerweise ein verdammt gutes Gefühl für Menschen.

Wie auch immer. Heute würde er ihr ganz sicher nichts mehr beweisen, denn es wurde Zeit nach Hause zu gehen.

Und Ryan? Beatrice hatte gesagt, er könnte hier übernachten. Trotzdem fühlte sich Amy irgendwie unwohl dabei. Zum Teil natürlich, weil er immer noch ein Fremder war.

Aber sie musste sich eingestehen, dass sie nicht befürchtete, dass er etwas mitgehen lassen könnte. Wozu auch? Bücher bedeuteten ihm nicht genug und was in der Kasse war, lohnte den Aufwand nicht. Außerdem würde er sich damit im Endeffekt ja nur selbst bestehlen.

Was sie wirklich störte, war eher der Gedanke, dass er alleine in der muffigen Abstellkammer auf dem Fußboden liegen musste. Isomatte hin oder her.

Aber daran konnte sie jetzt wohl auch nichts ändern.

»Wie sieht das eigentlich aus?«, fragte er. »Schließt du mich nachher hier ein?«

Sie fühlte sich vor den Kopf gestoßen, darüber hatte sie überhaupt nicht nachgedacht. Aber das war natürlich Blödsinn. Was, wenn ein Feuer ausbrach? Oder es sonst irgendeinen Notfall gab?

Wortlos holte sie den Schlüssel aus der Schublade unter der Kasse heraus und hielt das kühle Metall zwischen ihren Fingern. Angestrengt versuchte sie, sich an Beatrice' E-Mail zu erinnern. Aber da hatte nichts Direktes dringestanden. Nur, dass er den Lagerraum zum Schlafen benutzen konnte und das beinhaltete ja wohl auch den uneingeschränkten Zugang, oder?

Trotzdem war es ein ganz merkwürdiges Gefühl, ihm einfach so den Schlüssel zum Buchladen zu überlassen. Es fühlte sich ein bisschen an wie aufgeben. Aber das war natürlich völlig verrückt.

Er kratzte sich am Hinterkopf. »Ich kann schon verstehen, dass sich das seltsam anfühlt. Ich würde auch gar nicht fragen, aber ich müsste gleich noch mal weg.«

Amys Magen wurde eiskalt und schrumpelte auf die Größe einer Rosine zusammen. Er hatte also doch Geheimnisse. »Ach ja?« Sie versuchte, beiläufig zu klingen. »Wo musst du denn hin?«

»Zur Bandprobe«, sagte er ohne zu zögern. »Heute hat der Laden, in dem wir spielen sollen, ausnahmsweise geschlossen. Das ist eine super Gelegenheit, um ein Gefühl für das Ambiente zu bekommen. Danach würde ich schon gerne wieder hereinkommen. Ich denke, ein Typ, der vor der Tür übernachtet, macht sich bestimmt nicht so gut fürs Image.«

Bandprobe.

Amy war sich nicht sicher, ob sie ihm glauben sollte. Aber schließlich hatte sie keine echte Wahl.

»Keine Übernachtungsgäste«, sagte sie, und hielt ihm das klimpernde Metall entgegen.

»Aye, Ma'am«, sagte er mit seinem umwerfenden Lächeln und griff nach dem Ring mit dem silbernen, runden Anhänger, in den *5 Books* eingraviert war. Nur einen Sekundenbruchteil zu lange lagen seine Finger in ihren und brachten den Eisklumpen in ihrem Magen zum Schmelzen. Er schob sich die Schlüssel in seine Tasche.

»Warum magst du eigentlich keine Bücher?«, fragte sie unvermittelt.

»Ich *mag* Bücher schon. Du wirst es nicht glauben, ich hab sogar schon das eine oder andere gelesen.«

»Aber sie berühren dich nicht.« Amy griff nach ihrem Rucksack und klopfte auf ihren Oberschenkel, um Otis herbeizurufen. Der sprang sofort auf und kam schwanzwedelnd an ihre Seite.

»Ich kann mich nur nicht so dafür begeistern wie du, das ist alles.«

Amy wusste nicht, was sie dazu sagen sollte. *Wieso nicht,* lag ihr auf den Lippen. Aber das war eine dumme Frage. Es gab eben Menschen, die den Zauber spüren konnten und andere wiederum nicht. Weshalb fand sie es dann so schade, dass Ryan zu den Magielosen gehörte? Sie sollte glücklich sein. Ein Grund mehr, ihn nicht leiden zu können.

Aber wahrscheinlich hatte Kathy recht. Wenn sie nicht als Kellnerin enden wollte, dann musste sie wenigstens versuchen, ihn zu überzeugen, dass Bücher das absolut Beste auf der Welt waren.

Also sprach sie ihre Frage laut aus. »Warum nicht?«

Er schob die Hände in die Taschen. »Na, weil sie nicht echt sind. Ich meine, die Menschen und die Plätze, die gibt es ja nicht wirklich. Die meisten Dinge sind niemals passiert. Da lebe ich lieber mein eigenes Leben in der echten Welt und habe Spaß daran, oder?«

»Aber du machst doch auch Urlaub, oder? Jetzt gerade, du machst Pause von deinem Alltag und besuchst Plätze, die du sonst nicht zu sehen bekommst, erlebst Dinge, die eben nicht alltäglich sind.«

»Schon. Aber diese Dinge sind alle echt.«

Er schien da etwas gründlich missverstanden zu haben. Vielleicht war das ihre Chance. Vielleicht musste sie ihm einfach *zeigen,* wie real Bücher wirklich waren, um ihm zu beweisen, dass *nur* ein Buchladen mehr als genug war. »Wo ist deine Probe?«, fragte sie. Er nannte ihr eine Adresse und sie überlegte einen Moment. »Das trifft sich gut, ich bring dich hin.«

Geschichten

Otis trottete geduldig neben ihnen her, während sie die 7th Avenue hinaufgingen. Hochhäuser aus rotem Backstein reihten sich entlang der breiten Straße im Dämmerlicht aneinander.

Ryan hatte die Hände in die Taschen geschoben. »Eigentlich bräuchte der gar keine Leine, oder?«

Amy brauchte einen Augenblick, um zu verstehen, dass er von Otis sprach. Sie lächelte. »Nein. Der möchte nirgendwo anders sein.«

»Ich hab gesehen, er hat hier eine Narbe.« Ryan fuhr sich mit dem Finger über die Brust.

Amy wandte den Blick ab und wunderte sich, dass ihm das überhaupt aufgefallen war. Sie nickte. »Sein früheres Herrchen war … nicht gerade nett.« Ein Schauer lief ihr über den Rücken. Das war eine Geschichte, an die sie überhaupt nicht gerne dachte. Die einzig gute Erinnerung an diese Beziehung war deren Ende gewesen. Und natürlich die Tatsache, dass Otis jetzt zu ihr gehörte.

Amy war froh, dass Ryan nicht nachhakte. Sie gingen eine ganze Weile schweigend nebeneinander her.

Ganz allmählich wurde die Straße schmaler, die Häuser rückten näher zusammen, verloren an Farbe und wuchsen in die Höhe. Dann tauchten die ersten Leuchtreklamen auf, mehr Menschen schoben sich in der einsetzenden Dunkelheit über den Bürgersteig. Und schon erhob sich das riesige Glasgebäude der Penn Station mit dem breiten, überdachten Eingang direkt zu ihrer Linken aus dem Abendgrau.

»Das ist nicht der schnellste Weg, oder?«, fragte Ryan.

»Aber auch kein richtiger Umweg.« Amy atmete tief durch. »Du hast doch gesagt, Geschichten sind nicht real, deshalb brauchen wir uns nicht mit ihnen zu beschäftigen. Ich möchte dich vom Gegenteil überzeugen.«

»Und das geht nur hier am Bahnhof?«, fragte er und zog eine Augenbraue hoch.

»Zumindest haben wir die drei Komponenten, die wir brauchen, auf diesem Weg direkt vor unserer Nase.« Sie nickte die 34ste Straße hinunter, in die sie nun einbogen. »Und ganz nebenbei kommst du auch noch zu deiner Probe.«

»Drei Komponenten?« Schon wieder machte er seinen Augenbrauentrick und Amy tat ihr Bestes, um sich auf ihren Plan zu konzentrieren. »Hinter uns siehst du die Penn Station, was ist das?«

Ryan sah sie skeptisch an. »Ein Bahnhof?«

»Genau, und was macht man an einem Bahnhof?«

»Wegfahren?«

Jetzt hielt er sie wahrscheinlich für vollkommen bescheuert. Aber hoffentlich würde sich das gleich wieder ändern. »Genau. Manchmal fährst du damit zur Arbeit, aber genauso gut kannst du von hier aus auch in Urlaub fahren. Das ist keine Zeitverschwendung, das ist Erholung, das sind echte Erlebnisse – dein Leben – richtig?«

»Sicher.«

»Denn du brichst aus deinem Alltag aus, um neues zu entdecken, unbekannte Orte zu besuchen, Abenteuer zu erleben.« Sie sah ihn fest an. »Geschichten sind aber nichts anderes. Sie sind Tore in fremde Welten, in unbekanntes Neuland.«

»Mit dem Unterschied, dass es die Orte in den Geschichten nicht wirklich gibt.« Er nickte, als hätte er damit bereits gewonnen.

»Und genau deshalb sind wir hier.« Sie machte eine umfassende Geste. »Wenn du die 34ste Straße hinuntersiehst, dann blickst du gleich auf mehrere Geschichten. *Das Wunder von Manhattan* ist eine davon.«

»Was ist das?«

»Sag bloß, du kennst die Geschichte vom echten Weihnachtsmann nicht.«

»Kenne ich nicht.«

»Okay, dann unbedingt angucken.« Sie grinste. »Aber du siehst das Empire State Building?« Die bläulich leuchtende Spitze war in der hereingebrochenen Dunkelheit schwer zu übersehen. »*Schlaflos in Seattle* hat dort unter anderem gespielt. Und dieses Gebäude ist kein Einzelfall. Das *Edmond Hotel* und das *Rockefeller Center* sind beides Schauplätze aus dem *Fänger im Roggen*. Diese Geschichten spielen genauso in New York wie *Der Pate*, *Rosmaries Baby* oder *Breakfast at Tiffanys*. Und ja, einige davon sind verfilmt worden, aber zu den meisten davon gibt es Bücher und schließlich kommt es ja nicht auf das Medium an. Es geht um die Geschichte.«

»Okay, manche von den Orten gibt es auch in unserer Welt, aber längst nicht alle.«

»Das ist völlig irrelevant. Die Geschichte bringt dich an diese Orte, egal, ob sie existieren oder nicht. Sie transportiert dich durch Raum und Zeit, hin zu Ereignissen, die du sonst niemals hättest erleben können. Genau wie ein Zug oder ein Flugzeug, die dich in den Urlaub nach Frankreich oder Bora Bora bringen.«

»Aber darum geht es doch. Die Ereignisse aus den Geschichten haben zum großen Teil niemals in der Realität stattgefunden.«

»Sagen wir, ich stimme dir zu, dass alle Geschichten von vorne bis hinten erfunden sind. Denn natürlich kann selbst bei den historischen Ereignissen immer nur aus einer Sichtweise berichtet werden – nämlich der des Autors.« Sie holte tief Luft. »Egal, wie gründlich der Autor recherchiert hat, egal, wie sehr er sich bemüht, ich werde die Ereignisse immer nur durch seine Brille wahrnehmen. Darin liegt aber gerade der Reiz. Dadurch, dass ich die Orte und Geschehnisse durch seine Augen sehe, ist es noch einmal etwas völlig anderes, als wenn ich selbst dort gewesen wäre. So kann sogar mein eigener Vorgarten zum interessantesten Handlungsort der Welt mutieren.«

***

Ryan war fasziniert, mit welcher Leidenschaft sie über Bücher sprach. Sie musste Luft holen und ihre Wangen glühten vor Begeisterung. Er wollte etwas einwerfen, aber sie war voll in ihrem Element.

»Außerdem gibt es Dinge, die ich gar nicht unbedingt am eigenen Leib erfahren möchte. Trotzdem sollten solche Ereignisse nicht vergessen werden. Ich möchte mich nicht hinter einem Bücherregal verstecken müssen und bei jedem noch so kleinen Laut um mein Leben bangen. Aber trotzdem gibt es Geschichten über solche Ereignisse, die gelesen werden wollen oder gelesen werden müssen.« Sie ließ ihre Worte für fünf lange Herzschläge wirken.

Mittlerweile waren sie an der nächsten Kreuzung angekommen und Amy blieb stehen. Sie zeigte den Broadway Richtung Times Square hinunter. »Und dort, wo die Leuchtreklamen irgendwann immer greller werden, da passiert genau das. Da erzählen Menschen für Menschen Geschichten. Auf der Bühne oder auf der Leinwand, mit Worten oder mit Gesang. Je weiter du in diese Richtung gehst, desto voller wird es, desto mehr Menschen drängen sich zwischen den Gebäuden und vor den Eingängen. Und das obwohl Karten um die hundert Dollar kosten. Denn sie wollen diese Geschichten. Sie wollen dabei sein, miterleben, mitleiden, mitlachen. Ohne eigenes Risiko.«

Sie fuhr sich abwesend durchs Haar und es fiel Ryan schwer, sich auf ihre Worte zu konzentrieren.

»In Büchern, da stehen die Geschichten eben als schwarze Buchstaben auf weißem Papier, sie sind günstiger zu haben, aber gleichzeitig auch echter, weil sie aus den Bildern deiner eigenen Fantasie geboren werden. Sie leben und atmen in und mit dir. Und wenn sie gut sind, dann werden sie zu einem Teil von dir, regen dich zum Nachdenken an, zeigen dir Sichtweisen und Erkenntnisse, auf die du von alleine vielleicht nie gekommen wärst und sie begleiten dich für immer. Ein gutes Buch ist wie Urlaub für die Seele. Es wird zu einem Teil von dir und deiner gesamten Existenz. Egal, ob es den Schauplatz in Wirklichkeit gibt oder ob er erfunden ist. Egal, ob die Figuren oder die Ereignisse Teil unserer Weltgeschichte sind oder nur in deiner Fantasie existieren. Sie werden echt, weil sie von nun an zu *deiner* Geschichte gehören.«

Sie blickte ihn aus großen, grünen Augen erwartungsvoll an und sah einfach nur hinreißend aus. Wenn es auch andere Bereiche in ihrem Leben gab, in denen sie solche Leidenschaft entwickeln konnte … er wusste, dass er etwas sagen sollte. Aber das einzige, was er tun wollte war, seine Hand auszustrecken und ihren goldenen Pony zur Seite zu streichen, sich zu ihr hinabzubeugen und … er räusperte sich. Daran hatte sie sehr offensichtlich kein Interesse.

»Ich denke, das kann man so sehen«, sagte er und setzte sich in Bewegung, um bei Grün den Zebrastreifen zu überqueren.

Wirkte sie enttäuscht?

»Das ist alles, was du dazu zu sagen hast?«, fragte sie.

»Ich weiß nicht, was ich sonst dazu sagen soll.«

»Wie wäre es mit: *Wow, ja, du hast recht, so hab ich das noch nie gesehen.* Oder: *Hey, das ist ja kompletter Schwachsinn, den du da laberst.*«

Amy hatte völlig recht, sie hatte sich die größtmögliche Mühe gegeben, ihm ihren Standpunkt darzulegen und er reagierte mit halbgarem Ausweichen. Also blieb er vor dem kleinen grünen Dreieck aus Bäumen stehen, das vom Herald Square zwischen die nachtgrauen Hochhäuser gerissen wurde und sah ihr direkt in die Augen. »Ich entscheide mich für Möglichkeit Nummer eins.«

»Damit ich friedlich bin und du eine Bar aus dem Buchladen machen kannst?«

»Weil ich absolut nicht glaube, dass du Blödsinn erzählt hast«, sagte er fest. Und er konnte sehen, wie sie in seinen Augen nach der Wahrheit suchte.

Aber war die Sache mit der Bar der einzige Grund für ihr Misstrauen? Konnte das wirklich nur daran liegen, dass sie Konkurrenten waren? Oder gab es da *mehr*?

Es gab hinter allem eine Geschichte, auch im richtigen Leben, das wusste er selbst nur zu gut. Was war wohl ihre?

Otis setzte sich neben Amys Füße und legte aufmerksam den Kopf zur Seite. Seine Zunge hing weit aus seiner Schnauze und formte eine kleine Kurve am Ende.

Ryan hatte nach der Narbe des Hundes gefragt und Amy war ausgewichen.

Auch ein Teil ihrer Geschichte, den sie verborgen hielt und vielleicht mit ein Grund für ihre Abneigung gegen ihn.

Zu gerne hätte er ihr Geheimnis gelüftet und herausgefunden, was sie so sehr in ihrem Schneckenhaus gefangen hielt. Andererseits konnte die Antwort darauf auch gefährlich sein.

»Ich bin gar kein so schlechter Kerl, weißt du«, sagte er und beobachtete ihre Reaktion.

»Sagst du«, antwortete sie und schob die Unterlippe in dieser absolut hinreißenden Geste nach vorne.

Sein Herz stolperte mit schnellen Schlägen vorwärts.

Was wohl passieren würde, wenn er sie jetzt einfach küsste?

Ob sie zurückzucken würde? Schreien? Weglaufen?

Sie stand so dicht vor ihm, dass er das strahlenförmige Muster ihrer Iris trotz des Dämmerlichts erkennen konnte. Ihr Körper zwischen ihm und dem nächtlichen Summen der Stadt.

Sie sah einfach nur bezaubernd aus – unschuldig, freundlich, verletzlich. Sie legte den Kopf zur Seite und ihr Ausdruck wurde zu einer Frage. Ihr blondes Haar glühte im Licht der Schaufenster und der Scheinwerfer der Autos. Sein Blick heftete sich auf ihre zartrosa geschminkten Lippen. Sein Herz nahm weiter Geschwindigkeit auf und drängte immer heftiger aus seiner Brust, näher zur ihr hin.

Er folgte seinem Impuls, beugte sich einfach hinunter und legte seinen Mund auf ihren. Nur für einen Sekundenbruchteil, eine winzige Berührung, ein flüchtiges Streifen von Schmetterlingsflügeln auf samtweicher Haut.

Heißes Blut, das in seine Brust strömte, durch seine Adern flutete und seinen Puls zu neuen Höhenflügen antrieb.

Er hatte gerade genug Zeit, um ihren schockierten Gesichtsausdruck zu realisieren und wie sie ihre Finger an die Lippen hob. Da sah er ein Gespenst aus der Menge auftauchen. »Mildrith«, flüsterte er und sein Herz blieb stehen.

Eine hagere, junge Frau, mit tiefen Ringen unter den Augen und feuerrotem Haar schob sich in seine Richtung. Gänsehaut explodierte eiskalt in seiner Mitte und breitete sich in seinem ganzen Körper aus. Ohne eine Sekunde zu zögern, packte er Amy an der Hand und zog sie hinter die eckige Säule, neben dem Eingang zum Harald Square, presste sie gegen den kalten Stein und sah sich mit rasendem Herzen um. Das Blut rauschte so laut in seinen Ohren, dass er ihre Frage erst beim zweiten Mal verstand.

»Was ist los?«, fragte sie und starrte ihn aus vor Schreck geweiteten Augen an.

»Nichts, ich …« Doch er konnte nicht weitersprechen. Es war alles wieder da. Die Erinnerungen prasselten als dicke, kalte Hagelkörner auf seine Haut und rissen Löcher in das Hier und Jetzt.

Aber Amy war nicht Mildrith – ganz offensichtlich nicht. Sie war hübsch und schlau und leidenschaftlich und hatte Biss. Aber sie konnte ihn nicht leiden, nicht wirklich, sie würde nie …

Amy versuchte einen Blick an ihm vorbei zu werfen. Aber natürlich konnte sie nichts sehen. *Mildrith* war verschwunden – niemals dagewesen.

Trotzdem raste sein Herz noch immer und pochte mit wilden Schlägen in seiner Brust.

»Nichts«, flüsterte er und atmete tief durch, um sich wieder zu beruhigen.

Berührung

Er hatte sie geküsst. Richtig geküsst.

Amy hatte es gespürt, seine Lippen auf ihren. Kurz und weich und sanft und heiß. Ein winziger Augenblick, der sie miteinander verbunden hatte.

Das konnte nicht sein. Das durfte nicht sein. Natürlich nicht. Er wollte ihren Job, ihren Buchladen, ihr Leben. Er war in einer Band und er hatte sie gerade erst getroffen.

Ihr Atem ging schnell und flach und ihre Lippen prickelten bei der Erinnerung an seine Lippen auf ihren.

Und dann … was war dann geschehen?

Er hatte einen Namen geflüstert und war mit ihr zur Seite gesprungen, als sei er auf der Flucht.

Was hatte das zu bedeuten?

Nichts.

Das hatte er gesagt. Gar nichts? Natürlich, dieses *Nichts* kannte sie nur zu gut. Eine Freundin? Eine Ex? Auf jeden Fall etwas in der Richtung.

Wut schäumte in ihrem Magen auf. Aber Wut auf was oder auf wen?

Sie wollte nichts von ihm, jetzt noch weniger als vorher. Er konnte ihr gestohlen bleiben. Ganz sicher. Bestimmt.

Wieder zuckten ihre Finger in dem Wunsch, ihre Lippen zu berühren. Sie ballte die Hand zur Faust und versuchte, das alles einfach zu vergessen.

Otis machte vor Überraschung einen kleinen Satz, als sie sich plötzlich in Bewegung setzte und sah sich immer wieder zu Ryan um. »Hier geht es zum Black Velvet«, sagte Amy und ihre Stimme zitterte. Denn ein Teil von ihr hatte es trotz allem gewollt.

Ein viel zu großer Teil, der das kühle Leder seiner Jacke gespürt hatte, der sich auf den sanften Schwung seines Lächelns konzentriert hatte, auf die weichen Lippen, die ihr näherkamen.

Aber sie wusste, wohin das führte, erst recht mit einer Mildrith oder Meridith oder wem auch immer im Hintergrund.

Mit ein paar schnellen Schritten holte Ryan auf und war schon wieder bei ihr. Sie konnte die Hitze seines Körpers neben sich spüren.

Amy hätte ihn gerne angesehen, um zu wissen, was er dachte. Aber sie starrte absichtlich nur auf die quadratischen Betonplatten unter ihren Füßen.

Bis zum Black Velvet war es nicht mehr weit und sie konnte es nicht ertragen, weiter schweigend neben ihm herzugehen. »Es ist gleich dahinten, gegenüber vom Bryant-Park.«

Sie deutete in die Richtung und trat dann an den Bürgersteig, um ein Taxi anzuhalten.

Er sah aus, als ob er noch etwas sagen wollte, aber Amy tat beschäftigt. Sie setzte den Rucksack ab und ließ Otis einsteigen. Tatsächlich hatte gleich das nächste Taxi für sie angehalten. Ein Wunder.

»Warte …«, sagte Ryan.

Sie sah ihn an, aber er stand nur mit halb geöffnetem Mund da und sprach nicht weiter. »Bis morgen«, sagte sie und stieg schnell ein.

Sie gab dem Taxifahrer die Adresse und sah noch, wie Ryan mit hängenden Armen am Bürgersteig stand.

Amy lehnte sich auf dem gesprungenen Polster des Sitzes zurück und zog Otis dichter zu sich heran.

Was war das gewesen?

Warum hatte er sie geküsst und warum hatte er danach so komisch reagiert? Wer war Mildrith?

Sie spürte das kalte Leder des Autositzes in ihrem Rücken und wollte am liebsten nicht mehr daran denken, was gerade geschehen war. Trotzdem summte ihr verräterischer Körper bei der Erinnerung an seine Berührung.

* * *

Das Black Velvet befand sich im obersten Stockwerk des Bryant Park Hotels. Die riesige Panorama-Front bot einen einzigartigen Blick über das endlose Lichtermeer von New York.

Große, goldene Quadrate ruhten auf der cremefarbenen Zimmer-Decke und sättigten die Luft mit indirekter, goldgelber Beleuchtung.

Heute Abend lag der große Raum ausnahmsweise fast verlassen da. Nur drei Musiker befanden sich auf der Bühne.

Ryan saß an dem schwarzglänzenden Flügel und sah in seiner zerrissenen Jeans komplett fehl am Platz aus. Auch Mona wollte in ihrem Leder-Mini und der Netzstrumpfhose nicht richtig zum Ambiente passen.

Nur Chris wirkte mit seinem Anzug und dem Cello so, als ob er für diesen Job geboren wäre.

Ryan fühlte sich mies.

Grottenmies.

Aber wenn Amy ihn schon vorher nicht hatte leiden können, dann war es jetzt wenigstens endgültig vorbei.

Keine Gefahr mehr.

Seine Finger stolperten über die Tasten.

»Mann, das ist jetzt schon das vierte Mal, dass wir von vorne anfangen müssen«, raunzte Chris gerade. »Konzentrier dich doch mal ein bisschen. Ich will irgendwann auch noch mal hier raus.«

»Tut mir leid. Ich weiß auch nicht, was los ist.«

Mona sah ihn aus schmalen Augen an und dann schlich sich plötzlich ein Lächeln auf ihr Gesicht. Er fühlte sich ertappt.

»Ich glaub, ich weiß, was los ist. Sag mal, wo warst du, bevor du hergekommen bist?«, fragte sie mit einem viel zu freundlichen Säuseln in der Stimme.

»Ich? Nirgendwo.« Er versuchte, beiläufig zu klingen.

Sie verschränkte die Arme. »Ja, ja. Komm schon, raus mit der Sprache.«

»Ich hab doch gesagt, dass ich im Buchladen war. Ich hab Kaffee serviert, die Kunden waren glücklich, der Buchclub war begeistert. Und sogar Amy kann sich nicht dagegen wehren, dass es eine gute Idee ist.« Von dem Spaziergang und … den anderen Sachen erzählte er nichts. Er wollte lieber gar nicht wissen, wie Mona reagieren würde.

»*Amy*. Aha, aha.« Sie zog die gezupften Brauen hoch.

Ryan spielte einen schnellen Lauf mit den Fingern, um anzudeuten, dass er bereit war, mit der Probe weiterzumachen. »So ein Blödsinn. Wir sind ein Stück spazieren gegangen, das ist alles.«

Mona starrte ihn an und ihre Lippen zuckten amüsiert. »Du findest sie nett.«

Er hätte gerne widersprochen, aber sein Mund wollte sich nicht öffnen.

Sie grinste über das ganze Gesicht. »Und *wie* du sie magst!«

»Ich hab sie doch gerade erst kennengelernt«, fiel er ein. »Ja, sie ist ganz nett und ganz hübsch und so … aber …«

»Na und!« Mona schien begeistert. »Chris, hörst du das, wie er sich wehrt? Ich glaub's nicht. Kennst du den Gesichtsausdruck noch?«

»Jupp, ich glaub, den hab ich in Toronto zuletzt gesehen.« Er lachte. »Pass bloß auf, dass sie sich nicht in eine zweite Mildrith verwandelt.«

»Hey, mach ihm keine Angst. Freu dich doch, wenn er endlich wieder auftaut. Hat ja wohl auch lange genug gedauert.«

Absolut zielsicher hatten die beiden den Nagel auf den Kopf getroffen.

»Ich hab sie gesehen – Mildrith, meine ich«, sagte Ryan.

Plötzlich war es ganz still im Raum. Der schwarze Samt der Polstermöbel schien auch noch den letzten Ton zu schlucken.

»Du weißt, dass das nicht möglich ist«, sagte Mona ruhig.

»Natürlich weiß ich das. Glaubst du im Ernst, ich weiß das nicht?« Er funkelte sie wütend an.

»Na also, warum macht dich das dann so fertig?«

»Weil es wieder passieren könnte.«

Sie sah ihn aufmerksam an. »Glaubst du das im Ernst?«

Ryan fuhr sich mit beiden Händen durchs Haar. »Oder auch nicht, immerhin ist sie nach dem Kuss ziemlich schnell verschwunden.«

Wieder schossen Monas Augenbrauen in die Höhe. »Du hast sie geküsst?«

»Nur ein bisschen.«

»Ein bisschen?« Diesmal fielen Mona fast die Augen aus dem Kopf.

»Ja, und dann ist sie abgehauen. Können wir jetzt vielleicht über etwas anderes reden oder mit der Probe weitermachen?«

Mona sah nicht im Mindesten so aus, als wollte sie das Thema einfach fallen lassen.

»Ich benutz auf keinen Fall den Hintereingang«, murmelte Chris vor sich hin. »Wenn wir schon hier auftreten dürfen, dann geh ich vorne herum. Da kannst du Gift drauf nehmen.«

»Niemand benutzt den Hintereingang«, sagte Mona, trat zu Ryan heran und legte ihm die Hand auf die

Schulter. »Sie ist keine zweite Mildrith, okay?« Ihre Stimme war ruhig und fest. Und sie tat ihm gut.

»Woher willst du das wissen?«

Sie verdrehte die Augen. »Du kannst doch nicht von einer auf alle anderen Frauen der Welt schließen. Oder glaubst du, ich bin genauso?«

»Nein.« Er schloss kurz die Augen. »Vielleicht hast du recht.« Trotzdem würde er sich auf das Geschäftliche beschränken. Das war doch ein guter Plan. Einfach so zu tun, als wäre nichts passiert. Das konnte ihr doch auch nur recht sein.

»Natürlich habe ich recht«, sagte Mona und nickte bestimmt.

»Wollen wir's hoffen«, antwortete Ryan und ließ seine Finger in einem kurzen Lauf über die Tasten gleiten, das beruhigte ihn. »Dann los. Ich bin für eine letzte Runde, Chris muss dringend ins Bett.«

Nichts

Ihre Hand ruhte lange auf der Klinke zu den *5 Books* und hatte das kühle Metall mittlerweile aufgewärmt. Die Morgensonne kitzelte Amys Nacken und sie strich sich zum fünften Mal über ihren blauen Rock. Das war gar nicht so einfach, weil sie sich eine dicke Decke unter den Arm geklemmt hatte.

Otis legte seinen Kopf schief und sah sie von unten an.

»Ja, ich geh ja schon rein«, sagte sie, aber rührte sich immer noch nicht vom Fleck.

Natürlich hatte Otis Hunger und sie wollte ihm auch gerne sein Futter geben. Aber hinter dieser Türe wartete *Ryan*.

Ryan, der sie geküsst hatte. Sie biss sich auf die Lippe. Und der dann seiner Ex begegnet war – oder auch nicht. Und den sie einfach hatte stehenlassen.

Warum musste das auch alles so kompliziert sein?

Wieso hatte Beatrice nicht einfach ein ganz stinknormales Testament aufgesetzt? Gut, dann säße sie jetzt wahrscheinlich auf der Straße, aber immerhin gäbe es dann klare Verhältnisse und nicht dieses wirre Durcheinander.

Amy hatte gestern Abend noch eine Mail an Beatrice geschrieben, aber natürlich noch keine Antwort bekommen, dafür war es schon zu spät gewesen.

Otis winselte und drehte den Kopf zur anderen Seite. Amy gab sich mit einem Seufzen geschlagen, drückte die Klinke und öffnete die Tür. Ein Teil von ihr hatte befürchtet, Ryan könnte vielleicht abgeschlossen haben und Erleichterung flutete durch ihre Brust.

Wie immer hielt sie die Nase in den Türspalt, doch diesmal mischte sich unter das zarte Grauweiß alter und junger Seiten noch das würzige Schwarzbraun frisch gemahlener Kaffeebohnen und begrüßte sie freundlich in ihrem geliebten Laden.

Sie löste Otis von der Leine, der sofort zu seinem Wassernapf wuselte. Während sie den Rucksack abstellte und das Futter herausholte, lauschte sie in die Stille.

Plötzlich ging die Hintertür auf und Ryan trat herein. Er trug nur seine Jeans, sein Oberkörper war schlank, nicht durchtrainiert, aber sehnig und gebräunt. Um seinen Hals lag ein weißes Handtuch und ein schmaler Streifen seiner Haare war nass. Gerade wuschelte er mit der Hand über die feuchte Stelle, als er sie erblickte. Seine Augen weiteten sich und er riss das Handtuch vor seine Brust. »Hi … sorry. Ich dachte, ich hätte was gehört … Sorry.« Er blickte sich um, als wollte er die Flucht ergreifen.

Amy merkte erst, dass ihr der Mund offenstand, als sie ihn zuklappte, um zu schlucken.

»Tut mir echt leid«, sagte Ryan. »Ich hab versucht, mich zu waschen. Aber das Waschbecken … das ist echt winzig.«

»Kein … kein Problem.« Amy räusperte sich. Sie deutete mit dem Kopf auf seine Brust. »Wo hast du das denn her?«

»Aus meinem Koffer.« Er grinste schief.

Sie beschloss, einfach so zu tun, als wäre gar nichts passiert. Absolut gar nichts. War es ja auch eigentlich nicht, außer einem Kuss und seiner merkwürdigen Reaktion und ihrer Flucht.

»Hattest du neben der monströsen Höllenmaschine überhaupt noch Platz in deinem Gepäck?«

»Ich benutz das Handtuch, um sie zu polstern. Das ist doppelt gut, denn mit Handtüchern in Hotels ist es fast genauso schlimm wie mit den Betten, wenn nicht schlimmer. Wusstest du, dass manche Gäste ihre gebrauchten Handtücher wieder falten, um ordentlich zu sein, aber dadurch denken die Zimmermädchen, sie wären sauber und wechseln sie nicht aus?«

Offensichtlich war für ihn so-tun-als-wäre-nichts-passiert auch eine passable Lösung. Amy wusste nicht, wie sie sich dabei fühlen sollte. »Aber wo hast du dann noch Platz für deine Klamotten?«

»Die sind im Rucksack.«

»Der sah aber nicht besonders groß aus.«

Er zuckte mit den Achseln. »Was brauche ich schon? Zwei T-Shirts zum Wechseln, eine Hose, meinen Anzug. Das passt da schon rein.«

»Zahnbürste und so hast du vergessen.«

»Das nimmt ja keinen Platz weg.«

Amy seufzte. Bei dem Anblick des feuchten Streifens auf seinem Kopf hätte sie ihm gerne eine vernünftige Dusche angeboten. Ungeachtet der Vorfälle … es gab sogar einen Ersatzschlüssel für Beatrice' Wohnung. Er lag unter dem kleinen Kaktus, der auf dem Tresen stand. Aber sie fühlte sich nicht wohl dabei, ihn ohne direkte Erlaubnis in die Wohnung oben zu lassen.

»Hier.« Sie hielt ihm die Decke entgegen. Eigentlich war das nach gestern viel zu nett. Aber sie hatte ein schlechtes Gewissen, weil sie wusste, dass er auf dem Boden schlafen musste.

Ryan sah überrascht aus und hielt die klobige Rolle zusammen mit dem Handtuch vor den Körper. Sie sah, wie sich sein Brustkorb unter einem tiefen Atemzug hob und senkte. »Es tut mir ehrlich leid«, sagte er und kratzte sich am Hinterkopf.

Amy machte eine wegwerfende Handbewegung. »Ist nicht das erste Mal, dass ich einen nackten Mann gesehen habe.«

»Ich meinte wegen gestern.«

Amy biss sich auf die Wange.

»Ich weiß auch nicht, was in mich gefahren ist. Es wird nicht wieder vorkommen.«

Ihr Magen drehte sich und fühlte sich an wie ein dicker Klumpen viel zu weich gekochter Spaghetti. Ihr wurde schlecht.

Aber das war gut. Es war gut, dass er sich entschuldigt hatte. Wenigstens etwas.

Warum wollte der Spaghetti-Klumpen dann einfach nicht verschwinden?

Das waren nur die Nachwehen von dem riesigen Becher *Ben & Jerrys* Eiscreme, den sie letzte Nacht verdrückt hatte. Mehr nicht.

Sie nickte. »Ist ja nichts passiert.« Sie wollte auch noch fragen, was das alles sollte, erst der Kuss, dann die merkwürdige Reaktion danach. Aber das hätte dem Ganzen viel zu viel Bedeutung beigemessen. Und schließlich war das *Warum* im Endeffekt unwichtig. Wenn er eine Freundin hatte … sogar, wenn er keine hatte …

Sie stoppte ihre eigene Gedankenspirale.

Ryan rieb sich das Kinn und musste nach der Decke schnappen, die ihm fast heruntergefallen wäre.

»Ich hab eine kleine Entschädigung für dich, wenn du möchtest … warte.« Er drehte sich um und wollte zurück in den Lagerraum gehen.

»Kaffee?«, fragte Amy ihm hoffnungsvoll hinterher, in einem verzweifelten Versuch, ihre Beziehung … ihre nicht vorhandene Beziehung wieder auf das Niveau von *vorher* zu bewegen.

Er lachte. »Den meinetwegen auch. Einen Moment, ich hol mir erst ein T-Shirt.«

Als er aus dem Raum war, bemerkte sie, dass sie immer noch die Futterdose in der Hand hielt. Otis saß aufmerksam neben seinem Napf und schaute sie vorwurfsvoll aus großen, schwarzen Augen an. »Schau nicht so … du hast doch gehört, es kommt nicht wieder vor.«

Sie gab ihm sein Futter und als sie die Dose gerade wieder verstaut hatte, kam Ryan zurück. Er trug ein frisches weißes T-Shirt.

Zielstrebig ging er auf Amy zu, ihr Puls begann zu rasen. Bei jedem Schritt, den er sich näherte, sprang ihr Herz höher in ihren Hals hinauf. Bis Ryan so dicht vor ihr stand, dass sie ihn riechen konnte und ihre Knie so weich wurden, dass sie fast eingeknickt wären. Aber er trat an ihr vorbei und öffnete das Klavier.

»Tadaaa.« Das eine Wort war fast gesungen.

Dumm, liebe Amy. Dumm, dumm, dumm.

Sie starrte ihn verständnislos an.

»Natürlich kannst du es nicht sehen, aber hören.« Mit einem breiten Lächeln ließ er sich auf dem durchgesessenen Hocker nieder, legte die Hände auf die Tasten und im nächsten Moment huschten seine Finger über die Tasten. Eine schillernde Tonfolge wie Regenbogen klang durch den Raum und füllte jede noch so kleine Nische mit flüssigem Sonnenschein.

Amy war völlig überwältigt. »Wow, das klingt ja … fantastisch.«

Das Lächeln auf seinem Gesicht war aufrichtig und warm und strahlte bis in ihre Magengrube. »Ich konnte gestern nicht einschlafen, weil ich mich so mies gefühlt habe … sonst wäre ich heute sicher noch nicht fertig. Es ist natürlich bei weitem nicht perfekt. Aber es ist definitiv besser als gestern, findest du nicht?«

Wieder liefen seine Finger in tanzenden Mustern über die elfenbeinfarbenen Tasten. Für Amy klang es perfekt. Ein schwirrendes Klingen von herbstlichen Tönen, wie bunte Blätter, die in tanzenden Wirbeln vom Himmel fielen, sich umeinanderdrehten und in wundervollen Muster auf den Boden sanken.

Er hielt inne und starrte einen Moment auf seine Finger, bevor er aufblickte und sie erwartungsvoll ansah.

Es hörte sich toll an, es berührte sie von innen, wie es sonst nur Bücher mit ihren Geschichten konnten. Aber das wollte sie nicht zugeben. Sie überlegte, was sie gestern dazu gesagt hätte und verschränkte die Arme vor der Brust. »Trotzdem ist das hier ein Buchladen und kein Club.«

»Wir werden sehen«, sagte er mit einem breiten Lächeln.

Und ganz einfach so waren sie wieder genau da, wo sie gestern aufgehört hatten … zumindest fast.

Kaffee & Bücher

Ryan wollte die Sache professionell angehen. Ab jetzt würde er nur noch versuchen, sie von seiner Idee zu überzeugen, nichts weiter.

Amy war viel zu abweisend, um eine zweite Mildrith zu werden, aber er beschloss, auf Nummer Sicher zu gehen.

Er würde sie von seiner Vision überzeugen, nicht mehr und nicht weniger.

Allein deshalb hatte er sich so viel Mühe mit dem Klavier gegeben. Und, weil er die vergangene Nacht sowieso fast komplett durchgemacht hatte.

Während seiner Schlaflosigkeit hatte er ganz nebenbei auch noch braunes Packpapier zwischen den Kisten im Lagerraum entdeckt und aus der Rückseite ein Plakat gemacht.

Natürlich war es längst nicht so hübsch wie das, was Amy zuletzt gemalt hatte, aber wenigstens konnte man es lesen. Es lud mit dynamischen Buchstaben Passanten zum Kaffeetrinken ein. Zugegeben, die Tasse daneben sah aus wie ein Ufo, aber er hoffte, man konnte aus dem Kontext erkennen, was es sein sollte.

Mit viel Klebeband war es an dem Aufsteller befestigt, den Amy auch für ihren Bücherclub benutzt hatte. Als er es nach draußen trug, erntete er einen kritischen Blick.

»Dir ist schon klar, dass du dafür eine Genehmigung brauchst?«, fragte sie.

Er zog ein Blatt Papier umständlich aus der Hosentasche. »Schon passiert.«

Sie war offensichtlich völlig baff. »Wie hast du das gemacht?«

Mit seinem Hintern schubste er die Tür auf und bugsierte den unhandlichen Aufsteller nach draußen. »Ich kenn da jemanden, der jemanden kennt.«

Amy folgte ihm und sah ihm misstrauisch zu. »Aber du bist doch gerade erst in der Stadt angekommen und normalerweise braucht man für so etwas ewig.« Sie verschränkte die Arme.

»Wenn du es genau wissen willst, ich hab schon gestern Mittag telefoniert. Mein Freund Chris ist mit dem Besitzer des Black Velvet befreundet. Und der wiederum hat ein paar Telefonate geführt. Als ich dann bei der Probe war, hat er es mir gegeben. Mit Vitamin B geht alles.«

Wenigstens eine Sache, die nicht vollkommen schiefgegangen war.

»Du wolltest mir eine Chance geben, oder?«, fragte er. »Dann ist jetzt deine Gelegenheit.«

Sie nickte nachdenklich und Ryan war damit zufrieden. Immerhin ein Anfang.

***

Nachdenklich stand Amy an der Tür und blickte nach draußen. Das Schild vor der Tür lockte mit dem Versprechen auf einen frisch gebrühten Kaffee.

Ryans Worte hallten immer noch in ihrem Kopf. Ja, sie hatte gesagt, sie wollte ihm eine Chance geben und sie hatte es so gemeint. Bis gestern.

Und jetzt? Hatte sich das geändert?

Nein. Sie würde ihr Wort halten, komme, was da wolle.

Und wenn er gewann?

Dann würde sie weitersehen. Wenn sie jetzt darüber nachdachte, fühlte es sich an, als würde sie bereits eine Niederlage eingestehen.

Was hatte Beatrice eigentlich mit ihrem Leben vor, wenn das hier vorbei war? Würde sie wegziehen? Sie hatte geschrieben, alle Vorkehrungen seien getroffen, aber was bedeutete das? Gab es irgendwo eine Wohnung? Ein Seniorenheim? Wollte sie eine Weltreise machen?

Beatrice hatte nie auch nur ein Sterbenswörtchen darüber verloren, dass sie einen Ruhestand überhaupt in Erwägung zog. Wenn Amy ehrlich war, dann war sie darüber nicht nur ein bisschen enttäuscht.

Mit einem letzten Blick nach draußen zog sie ihr Handy aus der Tasche und wählte bereits zum zweiten Mal an diesem Morgen Beatrice' Nummer. Es ging wieder nur die Mailbox dran. Sie legte gleich wieder auf, denn sie wusste, dass Beatrice die Nachricht nicht abhören würde, weil sie immer wieder vergaß, wie das funktionierte.

Amy wüsste nur zu gerne, was genau los war. Ging es der Schwester mittlerweile besser? Gab es Komplikationen? Würde ihre Beatrice bald zurück sein?

Ihre größte Hoffnung war im Moment eine Antwort auf die letzte E-Mail.

Da sah sie Misses Lewis die Straße herunterkommen. Direkt neben ihr ging ihr Schwiegervater und schob einen Rollator vor sich her. Amy hatte Mister Lewis schon seit Ewigkeiten nicht mehr gesehen. Sie öffnete die Tür, das Glöckchen klingelte und sie begrüßte die beiden mit einem breiten Lächeln. »Schön, Sie wieder bei uns zu sehen, Mister Lewis. Wie geht es Ihnen?«

»Gut … gut … Sie haben Kaffee?«

Amy öffnete ihren Mund und schloss ihn gleich wieder. *Nein* wäre eine Lüge gewesen, aber *ja* hätte eine Niederlage bedeutet – irgendwie.

»Sicher haben wir den.« Ryan war hinter sie getreten, lächelte ebenfalls und machte einen kleinen Diener. »Was darf ich Ihnen bringen?«

»Espresso«, schnarrte der gebeugte, alte Mann.

»Gerne.«

»‹N Doppelten«, krächzte Mister Lewis und hob zwei Finger.

Amy musste trotz allem schmunzeln. Sie mochte den alten Mann. Er hatte in seinem Leben wahrscheinlich wesentlich mehr Bücher gelesen, als sich gerade in ihrem Laden befanden.

»Kommt sofort. Und die Dame?«, fragte Ryan.

»Gibt es denn auch Kuchen?«, fragte Misses Lewis hoffnungsvoll.

»Nur Kaffee, fürs Erste«, gab Ryan zurück.

»Na, das macht ja nichts, ich hätte gerne einen Milchkaffee.«

»Ich bin schon unterwegs.« Damit verschwand er nach drinnen.

Misses Lewis zog unterdessen ein Buch aus dem Display auf den Weinkisten, bevor sie sich neben ihren Schwiegervater setzte. »Da ist es ja. Sieh mal, davon hab ich gesprochen …«

Amy ließ die beiden ein bisschen in Ruhe und ging ebenfalls wieder hinein.

Als Ryan den Kaffee abgeliefert hatte, kam er mit einem überlegenen Grinsen auf sie zu. »Siehst du, es gefällt ihnen.«

»Ich sehe, dass ihnen die Bücher gefallen. Sieh mal, Misses Lewis liest ihrem Schwiegervater gerade etwas vor.«

»Eben, aber wieso hat sie ihn überhaupt mitgebracht? Weil sie wusste, dass es einen Tisch, ein paar Stühle und vor allem einen Kaffee geben würde.«

»Aber ohne die Bücher hätten sie nichts, worüber sie sprechen könnten.« Sie sah auf die Straße und entdeckte eine Gruppe Jugendliche, die auf der anderen Straßenseite nebeneinander hergingen.

»Außerdem sind die beiden und ihre Altersgruppe ganz und gar nicht mein Problem. Das eigentliche Problem sind die da.«

Sie nickte auf die andere Straßenseite. Eins der Mädchen hatte ein Handy gezückt, lachte gerade und hielt das Smartphone hoch in die Luft, um ein Foto von sich und ihren Freundinnen zu machen.

»Die sehen doch niedlich aus.«

Sie knuffte ihn in die Seite. »Aber sie haben kein Gefühl mehr für den Duft der Bücher.«

Er grummelte etwas vor sich hin. Sie erinnerte sich, dass sie ihn beim Schnüffeln erwischt hatte und verkniff sich ein Lächeln.

»Selbst, wenn es noch ein paar Aus*erlesene* unter ihnen gibt, die gerne in gedruckten Seiten blättern, haben sie nur sehr kleine Geldbeutel. Sie kaufen sich lieber fünf E-Books, als sich ein Taschenbuch zuzulegen. Und ich kann das sogar verstehen.«

Er blickte nach draußen und betrachtete erst die Mädchen, dann das ungleiche Paar. »Ist es nicht egal, in welcher Form sie es lesen? Ich dachte, es geht um die Geschichte.«

Amy warf ihm einen überraschten Seitenblick zu. Hatte er ihr tatsächlich zugehört?

»Natürlich geht es um die Geschichte. Und ich gönne es ihnen von Herzen. E-Books haben tonnenweise Vorteile. Sie sind leicht, flexibel, durchsuchbar und ja, auch ein E-Book-Reader hat seinen ganz eigenen Duft.« Sie dachte an ihren eigenen mit der selbstgenähten Eulenhülle. »Aber ich kann sie nun einmal nicht in meinem Laden verkaufen. Und wenn wir schon darüber sprechen, wie man den Laden ändern kann oder verbessern muss, dann ist es das, worüber du dir Gedanken machen solltest.«

Ryan kratzte sich nachdenklich am Kinn.

Die Mädchen gingen unterdessen lachend weiter. Mister und Misses Lewis hatten davon nichts mitbekommen. Sie war immer noch über das Buch gebeugt und las vor, während ihr Schwiegervater die Augen geschlossen hatte und entspannt zuhörte.

»Wie lange kommen die beiden schon her?«, fragte Ryan.

»Schon seit ich hier angefangen habe, also mindestens sechs Jahre. Aber Beatrice hat erzählt, dass zumindest Mister Lewis bereits fast seit der Eröffnung von *5 Books* hierherkommt.«

Er sah einen Moment nachdenklich nach draußen. »Warum heißt der Laden eigentlich so? *Fünf Bücher*. Ist das nicht ein merkwürdiger Name für einen Buchladen?«

»Du möchtest eine Geschichte?« Auf Amys Gesicht zeichnete sich ein schelmisches Lächeln ab. »Als Beatrice mit ihrem Hugo den Laden eröffnet hat, besaßen sie genau fünf Bücher.«

»Aber mit fünf Büchern kann man doch keinen Laden aufmachen.«

Ihr Lächeln wurde breiter. »Das hat Beatrice damals auch zu ihm gesagt. Aber es war immer ihr Wunsch, einen Buchladen zu führen, und Hugo hat gesagt, dass alles möglich ist, wenn man es nur von ganzem Herzen will. Deshalb hat er eines Tages beschlossen, ihr diesen Traum zu erfüllen. Obwohl sie nur genau fünf Bücher hatten, die Beatrice bereit war abzugeben.«

»Bereit war abzugeben?«

»Sie hatte natürlich eine Menge mehr, aber mit Büchern ist das wie mit guten Freunden. Es ist immer schwer, sie gehenzulassen. Natürlich haben sie später Bücher eingekauft, um sie weiterzuverkaufen, aber richtig angefangen hat es mit eben diesen fünf Büchern. Und deshalb heißt der Laden auch so.« Wie immer, wenn sie vom Anfang des kleinen Buchladens erzählte, wurde ihr warm ums Herz.

Vielleicht war diese Erinnerung nicht genug, um ein ganzes Buch zu füllen, aber trotzdem war es die Geschichte eines ganzen Lebens und Amy fand sie jedes Mal aufs Neue inspirierend.

Ryan blickte nach draußen und betrachtete Mister Lewis, der sich in dem Stuhl zurücklehnte, das Gesicht Richtung Sonne wandte und immer noch mit geschlossenen Augen den Worten seiner Schwiegertochter lauschte.

Und ein Teil von Amy hoffte, dass Ryan jetzt verstand, was dieser Laden hier wirklich bedeutete. Er war mehr, als ein Buchladen. Mehr als nur eine Ansammlung von Büchern und Seiten. Er war Teil einer Geschichte, Teil von vielen Geschichten und Leben, die durch ihn miteinander verknüpft wurden.

Schillernde Fäden, die alle an diesem einen Punkt zusammenliefen, nur, um miteinander Verknüpfungen einzugehen und immer wieder neue Geschichten zu weben.

Veränderung

Ryan stand im Lagerraum und mahlte frischen Kaffee für Misses Lewis und ihren Schwiegervater.

Er dachte über Amys Problem nach. Junge Menschen, E-Books, Buchläden. Es war richtig, er hatte noch keinen Buchladen gesehen, der E-Books verkaufte. Wie auch, es war ja nicht so, als ob man die in kleine Kästchen packen und verkaufen konnte. Wer ein E-Book wollte und den Titel wusste, der setzte sich an seinen Computer oder zog sein Handy raus und hatte es schneller gekauft, als Ryan die Tonleiter spielen konnte. Und er konnte verdammt schnell die Tonleiter spielen.

Gab es da wirklich keine Möglichkeit, den Laden irgendwie profitieren zu lassen?

Er rief Chris auf dem Handy an. Ein Rauschen in der Leitung, aber dann hörte er die Stimme seines Freundes. Ohne Umschweife schilderte er kurz das Problem, während er gleichzeitig den gemahlenen Kaffee in den Siebträger setzte.

»Klingt interessant … autsch.«

»Was ist los? Alles okay?«, fragte Ryan.

»Ja, klar, Mona ist nur mal wieder gewalttätig geworden. Wir sind gerade auf dem Weg ins Empire State Building.«

»Was soll das heißen? Kannst du da irgendetwas machen, vielleicht was programmieren oder so?« Er drückte das Kaffeepulver fest.

»Autsch … Ich mach grad Sightseeing, Mann.«

Monas Stimme aus dem Hintergrund. »Pack das Telefon endlich weg.«

»Ja, ja«, nuschelte Chris. »Pass auf, Ryan, ich denke drüber nach, okay?«

Dann war das Gespräch weg.

Super.

Aber er wusste, dass Mona höchstwahrscheinlich Chris' Handy eingesackt hatte. Also sparte er sich einen weiteren Anruf, setzte den Siebträger ein und stellte eine der beiden weißen Tassen unter die Maschine.

Er musste unbedingt mehr Geschirr besorgen, wenn er das hier professionell aufziehen wollte. Vielleicht reichten ja die Einnahmen heute Abend zumindest für einen kleinen Einkauf. Er war es leid, die Tassen in dem winzigen Waschbecken zu spülen. Und wenn zufällig mehr als zwei Kunden gleichzeitig einen Kaffee wollten, musste er sich an Amys Tassenvorrat bedienen. Zum Glück hatte sie reichlich davon. Welcher Mensch brauchte bloß so unglaublich viele Tassen?

Er beobachtete, wie die schwarzbraune Flüssigkeit in das Gefäß lief. Neuen Kaffee würde er auch bald kaufen müssen und er brauchte eine Möglichkeit, um die Milch kalt zu halten. Sein Reise-Kühlakku war schon lange aufgetaut.

Das war alles wesentlich komplizierter, als er es sich vorgestellt hatte.

Er schäumte die Milch auf und während die Bläschen hochstiegen, hatte er plötzlich eine Idee. Keine Lösung für seine längerfristigen Probleme, aber ein nettes, kleines Detail.

Da trat Amy zu ihm in den Lagerraum. Sie schleppte eine Kiste und er war mit zwei Schritten bei ihr, um ihr das schwere Ding abzunehmen.

Erst hatte er das Gefühl, sie wollte sich wehren, aber schließlich ließ sie los. »Danke.« Sie atmete erleichtert aus.

Wieder ein kleiner Schritt in die richtige Richtung.

Für eine Geschäftsbeziehung.

Schließlich musste er ihr das Café und damit dann hoffentlich auch irgendwann die Piano-Bar immer noch schmackhaft machen.

»Gut, dass du gerade hier bist, ich hatte da eine Idee.« Er ging zurück zur Maschine und zog den fertigen Kaffee heraus.

»Und die wäre?«, fragte sie, so beiläufig, dass es schon absolut überhaupt gar nicht mehr beiläufig wirkte.

Wenigstens war sie neugierig. Alles in allem schien sie seine Idee gar nicht so schlecht zu finden. Er hatte das Gefühl, sie wehrte sich hauptsächlich, weil sie Angst hatte, dass er gewinnen könnte und das nahm er als gutes Zeichen. Im Grunde fand sie seine Idee ziemlich gut. Er musste sie nur dazu bringen, das zuzugeben.

»Na, was machen sie in echten Cafés mit ihren Cappuccinos und Latte Macchiatos?«

Sie sah ihn fragend an. »Trinken?«

»Sie machen Schaummuster.«

»Und das kannst du?«, fragte sie skeptisch.

»Nope. Aber das werde ich jetzt ändern.«

Sie schüttelte den Kopf. Und ihr linker Mundwinkel hob sich leicht amüsiert nach oben. Diese weichen, zartrosa Lippen. Okay, tatsächlich nur ein ganz kleines bisschen, aber das reichte, schließlich sollte es ja geschäftlich bleiben.

Ryan räusperte sich, benutzte das metallene Kännchen und schüttete die Milch in die nachtbraune Flüssigkeit. Dabei wollte er vorausahnen, was für ein Muster entstand, um entsprechend die Kipprichtung zu ändern. Er versuchte, ein Blatt oder ein Herz zu gießen, irgendetwas in der Richtung, und gab sich ehrlich die allergrößte Mühe.

Vor einer ganzen Weile hatte er dazu mal ein Video gesehen. Da hatte es ganz einfach gewirkt. Dummerweise mischte sich die Milch sofort mit dem Kaffee und erzeugte das übliche, gleichmäßige Hellbraun. Er änderte den Abstand der Kanne und tatsächlich erschien ein kleiner, weißer *Blop* in der Mitte.

Amy beugte sich über die Tasse und betrachtete das Ergebnis. »Was ist das denn?«

Er suchte nach einer passenden Antwort. »Ein Sahnebaiser?«

»Wirkt eher wie eine unförmige Wolke.«

Mit einem Grinsen hob er sein Kinn. »Versuch das erst mal, nachzumachen.«

Er sah das Lachen, bevor sie es schaffte, sich auf die Lippen zu beißen.

Was hatte sie nur gegen ihn? Also, außer der Sache mit dem Kuss und Mildrith natürlich. Was lag nur in ihrer Vergangenheit? Aber nein, er wollte es gar nicht so genau wissen.

»Würdest du das schon einmal nach draußen bringen? Der ist für Tisch Nummer zwei. Dann mache ich noch einen Espresso fertig.«

Sie hob die Brauen. »Welcher ist denn Tisch zwei?«

»Der linke.«

»Sag das doch gleich.«

»Dann fehlt ja der halbe Spaß.«

Wieder das amüsierte Hüpfen ihres Mundwinkels. Sein Herz machte einen unaufgeforderten Sprung und begann zu summen. Noch ein Ideenfunke glühte am Rand seines Bewusstseins. Dass er da nicht eher drauf gekommen war. »Sag mal, kann man die Ladentür eigentlich auflassen?«, fragte er, als sie fast schon draußen war.

Sie blieb stehen und sah ihn über ihre Schulter an. Dabei glitt ihr Haar über den weichen Stoff ihrer Bluse und kitzelte ihren Hals. Ryan schluckte.

»Wieso fragst du?« Sie sah ihn aufmerksam an.

Er riss seinen Blick von dem goldenen Schimmer los. »Ich hätte da noch eine Idee.«

»Mehr Milchschaummuster?«, fragte sie.

Er lächelte, denn sie war schon wieder neugierig. »Keine Schaummuster. Du wirst dich schon überraschen lassen müssen. Ich wollte bloß sichergehen, dass *Leinenfrei* auch hier im Laden gilt.«

Sie sah ihn nachdenklich an, bevor sie antwortete. »Otis läuft nicht weg. Er gehört zu mir und das weiß er auch. Er will ganz sicher nirgendwo anders sein.«

Irgendetwas, das er nicht definieren konnte, schwang in ihrer Stimme mit. Trauer? Einsamkeit? Aber er konnte nicht nachhaken, denn sie war schon auf dem Weg hinaus.

***

Als sie nach draußen ging, entdeckte Amy ein Mädchen, das in den Büchern auf den Weinkisten stöberte. Sie war knapp fünfzehn, trug eine Brille und einen langen, blonden Zopf.

Amy stellte die Tasse vor Misses Lewis auf den Tisch. »Ihr Espresso kommt gleich«, sagte sie zu Mister Lewis.

»Doppelter!«, knurrte er.

»Ein Doppelter, genau wie gestern.«

»Ich finde, da haben Sie eine hervorragende Idee gehabt«, sagte Misses Lewis und zog sich den Kaffee näher heran. »Wenn Sie das noch ein bisschen ausbauen, mit ein paar weiteren Tischen und vielleicht einem Sonnenschirm, dann wird der Laden sicher wieder besser laufen.«

Amy wurde hellhörig. »Haben Sie denn das Gefühl, dass es nicht so gut läuft?«

»Na ja, zumindest schlechter als noch vor ein paar Jahren, oder? Ich weiß ja nicht, wie es mit ihrer Laufkundschaft so aussieht, aber ich habe zumindest das Gefühl, es ist weniger geworden. Und die Stammkunden … also Mister Brady habe ich schon seit einer

Ewigkeit nicht mehr gesehen, Misses Thiel geht schon seit einer ganzen Weile immer zu den großen Ketten und die Peterson-Zwillinge haben letztens noch gesagt, dass sie schon lange nicht mehr hier waren. Fragen Sie mich nicht warum, ich hab nicht so genau hingehört, Sie wissen ja, wie die beiden sein können.«

Amys Puls beschleunigte sich. Ryan hatte das doch gestern erst gesagt, oder? Konnte es sein, dass er recht hatte? Und das, obwohl er gerade erst angekommen war und von Büchern nicht die geringste Ahnung besaß. Brauchte der Laden eine Veränderung dringender, als ihr bewusst gewesen war?

Das Mädchen bei den Weinkisten kramte gerade ergebnislos in ihrer Hosentasche und drehte sich zu ihr um. »Wissen Sie zufällig, ob es das auch als E-Book gibt?«

Damit erwischte sie Amy auf dem völlig falschen Fuß. »Tut mir leid, das kann ich dir nicht sagen.«

Die Kleine drehte den Band nachdenklich in ihren Händen.

»Aber die Bücher hier sind alle im Sonderangebot«, sagte Amy.

»Ich weiß.« Trotzdem wirkte das Mädchen unschlüssig.

Amy wollte ihr gerne helfen, denn offensichtlich gefiel ihr die Geschichte. Wahrscheinlich lag es am fehlenden Taschengeld. »Ich könnte auch noch einen Dollar runtergehen.« Sie lächelte das Mädchen aufmunternd an.

Sie bekam rote Ohren und reichte ihr das Buch zurück. »Nein danke, ich lese nur E-Books. Aber haben Sie zufällig einen Zettel?«

»Sicher.« Sie ging nach drinnen und das Mädchen folgte ihr. Amy griff hinter den Tresen und gab ihr Zettel und Stift.

Das Mädchen notierte sich den Titel des Buches. »Dann schau ich zuhause selber nach.« Sie lächelte verlegen und schob das Papier in ihre Tasche. »Danke.« Damit huschte sie so schnell sie konnte nach draußen.

Ryan war mit dem Espresso für Mister Lewis gerade auf dem Weg nach draußen und hielt dem Mädchen jetzt die Tür auf.

Als er zurückkam, betätigte er den Türstopper und kam zu Amy, die immer noch wie angewurzelt dastand.

Es war nicht das erste Mal, dass so etwas passierte. Aber jetzt, in diesem Augenblick, im Zusammenhang mit dem, was Misses Lewis gerade gesagt hatte und dem, was sie Ryan erst gestern erzählt hatte, fühlte Amy sich, als wäre das Todesurteil für ihren kleinen Buchladen schon gesprochen. Selbst, wenn sie gegen Ryan gewann, würde er trotzdem über kurz oder lang untergehen.

Sie schluckte und blickte nur auf, weil Ryan so zielstrebig an ihr vorüberging. Sie fragte sich, was er sich jetzt schon wieder ausgedacht hatte.

Denn, egal, was man ihm auch vorwerfen mochte, er war unglaublich zielstrebig. Ihr erster Eindruck von ihm hatte sich total gewandelt. Es hatten sich neue Fragen ergeben, Ex-Freundinnen aufgetan und seltsame Verhaltensweisen eingeschlichen. Wie Küsse auf offener Straße und mit nachgeschobener Entschuldigung. Trotzdem war er umsichtig, hilfsbereit und freundlich … meistens.

Jetzt setzte er sich an das Klavier, öffnete die Abdeckung und legte die Finger auf die Tasten.

Für einen Moment saß er einfach nur da und starrte auf seine Hände. Dann schloss er kurz die Augen, atmete einmal tief ein und schließlich huschten seine Finger in atemberaubender Geschwindigkeit über die Tasten.

Amy hatte zu wenig Ahnung von klassischer Musik, um das Stück zu benennen. Aber da waren wieder die goldgelben Blätter, die im Herbstwind tanzten. Mit ihrer fröhlichen Melodie quoll die Musik durch den Vorraum und wirbelte in klangvollen Tönen auf die Straße.

Otis sprang aus seinem Körbchen und betrachtete die neue Lage mit gespitzten Ohren. Neugierig schnüffelte er in Ryans Richtung und näherte sich wieder seinem Kissen. Amy trat an den Eingang und sah, wie Mister

Lewis den Kopf verzückt zur Seite legte. Misses Lewis lachte und winkte sie herüber. Amy tat ihr den Gefallen. »Kann ich Ihnen noch etwas bringen?«, fragte sie.

Misses Lewis lachte noch einmal. »Der junge Mann ist ja ein Goldstück. Und das ist tatsächlich der Enkel von unserer Beatrice?«

Amy nickte und blickte über die Schulter nach drinnen. Ja, eigentlich war er viel zu gut, um wahr zu sein.

Das hier lief überhaupt nicht wie geplant. Sie wollte ihm doch zeigen, dass der Buchladen auch für sich eine super Sache war.

Stattdessen stellte sich immer mehr heraus, dass sein Ansatz funktionierte. Nicht nur der Kaffee kam gut an, jetzt musste sie auch noch beobachten, wie Passanten von der Musik in den Laden gelockt wurden. Wenn sie ganz ehrlich war, dann war es gerade jetzt so voll wie schon lange nicht mehr.

Aber sie musste sich immer vor Augen halten, wer er war und was er vorhatte. Denn das hier, das war nicht das, was er wirklich wollte. Sein Ziel war es, eine Spelunke aus dem Laden zu machen und alle Bücher loszuwerden. Für ihn war das hier nur ein Übergang, er wollte sie rumkriegen und das durfte sie nicht zulassen.

Fortschritt

Frische Morgenluft und blassblauer Himmel schnitten durch die kantigen Silhouetten der Wolkenkratzer. Ryan zog den Reisverschluss seiner Lederjacke höher.

Nachdem er bei Mona und Chris die Dusche benutzt hatte, war er jetzt auf dem Weg zurück in den Laden. Er beeilte sich, um wieder da zu sein, bevor Amy zur Arbeit kam.

In den Händen trug er zwei dünne Plastikbeutel, gefüllt mit Milch, Kaffeebohnen und sogar ein paar neuen, weißen Tassen.

Das alles war von dem Trinkgeld gekauft, dass er gestern in dem kleinen Schüsselchen auf dem Klavier gesammelt hatte.

Heute musste alles perfekt sein.

Denn wenn er sich nicht schwer irrte, dann hatte er Amy fast überzeugt. Er spürte es in seinen Eingeweiden. Vielleicht war sie noch nicht bereit, eine Piano-Bar zu eröffnen, aber die Sache mit dem Kaffee funktionierte auf jeden Fall und auch das Klavierspiel gefiel ihr.

Das konnte er an den Blicken sehen, die sie ihm gelegentlich zuwarf, wenn sie sich gerade unbeobachtet fühlte.

Er wusste zwar noch nicht so genau, wie er sich bei ihrer Aufmerksamkeit fühlte, aber für seinen Plan war das ein gutes Zeichen.

Und was den Buchladen anging … zugegeben, es gab einige treue Kunden. Und es war wirklich schwer, sich nicht von Amys Bücherliebe anstecken zu lassen.

Aber das hier war sein Traum und er würde alles tun, um ihn zu verwirklichen.

***

Es war unglaublich – und beängstigend – wie sehr sich der Buchladen in so kurzer Zeit verändert hatte. Amy stand an der Kasse und verkaufte ein Buch nach dem anderen. Es war auch heute wieder so voll wie lange nicht mehr und gerade setzte Ryan sich für eine weitere Runde ans Klavier.

In seiner Spielzeit wurde gewöhnlich fast nichts gekauft, aber viel gestöbert. Deshalb stellte sie kurz ein Schild an die Kasse und verschwand für ein paar Minuten in den nächsten Laden. Als sie zurückkam, beendet Ryan sein Stück und sie stellte ihm drei große Pakete Milch auf das Klavier.

»Ich dachte, du könntest Nachschub gebrauchen.«

Er lächelte. »Dankeschön. Ich dachte, dir gefällt meine Idee nicht.« Er nahm die Milch und trug sie nach hinten. Amy folgte ihm.

»Die Idee mit dem Café im Buchladen finde ich mittlerweile gar nicht so schlecht. Nur dich kann ich nicht leiden.«

Sie biss sich auf die Zunge. Aber er nahm es ihr nicht übel, sondern sah sie neugierig von der Seite an. »Ach, wirklich nicht?«

Sie rollte mit den Augen. »Okay, vielleicht bist du nicht ganz so schlimm, wie ich gedacht habe.«

»Damit kann ich leben.« Sein Lächeln wurde noch breiter und freundliche Wärme sammelte sich in ihrer Mitte. Wie machte er das nur?

Im einen Moment wünschte sie ihn zur Hölle, im nächsten hoffte sie, er würde sie noch einmal küssen und über all dem schwebte die ständige Gewissheit, dass sie ihn nicht haben konnte. Nein, nicht haben wollte.

Amy versuchte, das Thema zu wechseln. »Wird dir das nicht langweilig?«, fragte sie und nickte zu dem Papierbeutel mit dem Kaffee hin.

Er füllte Bohnen in das Mahlwerk. »Ich mach das gerne. Es entspannt mich.«

»Aber es ist doch immer dasselbe.«

»Das sieht vielleicht so aus, aber jeder Kaffee ist etwas Neues. Wenn du ein Buch mehr als einmal liest, wird ja auch wieder etwas anderes daraus, oder?« Ryan sah auf und sie blickte in seine kaffeebraunen Augen. Mit dem Buchvergleich hatte er sie und das wusste er.

»Jeder Kaffee wird ein Teil des Lebens von demjenigen, für den ich ihn mache. Genau wie bei deinen Büchern. Und wenn der Kaffee gut ist, zaubert er dir ein Lächeln auf die Lippen ...« Sein Blick landete auf ihrem Mund, aber sofort suchte er nach der Abdeckung für das Mahlwerk.

Amy war völlig perplex. Er hatte ihr tatsächlich zugehört. Sie konnte sich nicht daran erinnern, dass ihr ein Mann schon einmal richtig zugehört hatte. Außer Mister Lewis vielleicht, aber der zählte nicht.

»Könntest du ...« Ryan deutete hinter Amy, aber sie hatte keine Ahnung, was er wollte. Also streckte er den Arm aus und zog den Stecker der Höllenmaschine aus der Dose. Dabei stand er plötzlich ganz dicht vor ihr. So dicht, wie auf dem Herald Square, wie kurz vor dem Kuss.

Er roch nach Leder und frisch gemahlenem Kaffee und Amys Herz flatterte wie ein Kolibri in ihrer Brust, der mit goldenen Flügeln versuchte zu entfliehen.

Sie wollte flüchten, aber sein Blick hielt sie gefangen. Er beugte sich zu ihr hinab und hielt dann inne. Sie spürte die Wärme seiner Lippen vor ihren vibrieren, fühlte wie sein Atem über ihre Lippen strich. Aber er rührte sich nicht. Er hielt ganz still und schien zu warten.

Worauf?

Ihr Atem ging flach und rannte mit ihrem Herzen um die Wette.

Er hatte versprochen, es würde nicht wieder vorkommen. Und bei dieser Erinnerung begann ihr Herz noch heftiger zu klopfen. Es lag an ihr, nur an ihr. Sie spürte, wie ihre Knie zitterten und sie versuchte zu denken, irgendeinen sinnvollen Gedanken zu produzieren, aber alles, was sie sehen konnte, alles, was sie spüren konnte, war sein Körper so dicht vor ihrem, sein warmer Atem auf ihrem Gesicht und dann legte sie ihre Lippen auf seine.

Langsam, zärtlich und nur für einen viel zu langen, viel zu kurzen, schrecklich süßen Augenblick, explodierte Sonnenwärme auf ihrem Mund, schoss heiß und kraftvoll in ihre Adern, breitete sich in ihrem ganzen Körper aus und rauschte in sengend heißen Strömen in jede Faser ihres Seins.

***

Sie hatte so hinreißend ausgesehen. Sich auf die zarten, rosafarbenen Lippen gebissen, so köstlich stillgehalten und ihn eingeatmet. Mit jedem Herzschlag hatte es ihn heftiger zu ihr hingezogen. Er wusste, er hätte sich abwenden sollen, er wusste, das war ein dummer Fehler, er wusste … er wusste so viele Dinge.

Und dann legten sich ihre Lippen auf seine und er wusste gar nichts mehr.

Sein Herz stampfte, sein Nacken kribbelte und seine Lippen summten in der Erinnerung an den süßesten, lieblichsten Kuss seit … immer.

Es war richtig gewesen. Es hatte sich richtig angefühlt. Echt und voll und einzigartig.

Aber er hatte sich zusammengerissen, Abstand gehalten, ihr die Entscheidung überlassen – oder?

War das wirklich so? Hatte er sich im letzten Augenblick nicht doch zu sehr nach ihren Lippen gesehnt, sich ein winziges Stück nach vorne gelehnt?

Sein Herz hämmerte gegen seine Brust und er gab sein Bestes, um wieder zu Atem zu kommen, suchte in ihren Augen nach Antworten. Doch sie starrte ihn nur an, aus großen Augen, wie ein Reh im Scheinwerferlicht. Irgendjemand rief von vorne und sie nutzte die Gelegenheit, ergriff die Flucht.

Er wollte nach ihrer Hand greifen, sie aufhalten und fragen, was sie in die Flucht trieb. Diesmal war er es nicht gewesen … oder?

Nein, es hatte ihr gefallen. Er war sich ganz sicher. Das hatte er gespürt. Da konnte er sich nicht irren. Wenn Haut auf Haut trifft, dann reagiert der Körper von alleine, dann kann man sich nicht verstellen.

Es hatte ihr gefallen und *das* hatte ihr nicht gefallen.

Die Frage war nur *Wieso*?

***

Den Rest des Tages wich sie ihm aus. Wenn Ryan ihr zu nahe kam, wechselte sie einfach den Raum. Er machte es ihr leicht und wollte sie nicht bedrängen, hoffte, dass sie von alleine zu ihm kommen würde, aber das tat sie nicht. Dann wurde es Zeit, den Laden zu schließen.

Ganz langsam drehte sie das Schild auf *Geschlossen* und blickte lange durch die blanken Scheiben die Straße hinunter.

Er stand ein Stück hinter ihr und wartete, aber sie drehte sich nicht um. Verharrte atemlos.

Glaubte sie ehrlich, er würde sie jeden Augenblick von der Seite anspringen und überwältigen? Für was für einen Menschen hielt sie ihn eigentlich?

Er ging zum Klavier und staubte den Deckel ab, um etwas zu tun zu haben. Dabei war das Holz nach seiner Stimmaktion so sauber wie sicher seit Jahren nicht mehr.

Er wollte einfach nur einen Grund haben, im gleichen Raum zu sein.

Amy ging langsam zur Kasse hinüber und begann mechanisch das Kleingeld aufzufüllen.

Ihr Haar glänzte in den letzten Sonnenstrahlen, die durch das Schaufenster fielen. Alles in ihm drängte danach, zu ihr hin zu gehen, die weichen Strähnen hinter ihr Ohr zu schieben und ihr Gesicht mit Küssen zu bedecken.

Stattdessen blieb er, wo er war. Bis er die Stille nicht mehr aushalten konnte.

»Warum machst du das überhaupt?«, fragte er. »Die meisten bezahlen doch sowieso mit Karte?«

Sie blickte nicht auf. »Es beruhigt mich.« Kein Lächeln und noch mehr Schweigen.

Dann hielt er es nicht mehr aus. »Was hast du eigentlich gegen mich?«

»Du meinst, bis auf die Tatsache, dass du aus dem Laden eine Bar machen möchtest?«

Sein Magen zog sich zusammen. »Ja, bis auf das.«

Diesmal sah sie ihn an. »Du bist in einer Band.«

Jetzt war er verwirrt. »Und?«

»Nichts und. Ich kenne Typen wie dich.«

»Ach, und was machen wir so?«

»Drogen schmeißen, Fans ausnutzen, …«

»Denkst du nicht, du machst es dir da ein bisschen zu einfach?«

Sie zuckte mit den Schultern und wandte sich wieder der Kasse zu.

»Du irrst dich«, sagte er fest.

»Kann schon sein. Aber so bin ich auf der sicheren Seite.«

»Du könntest dir auch einfach selber ein Bild machen.«

Wieder sah sie auf. Und ein winzig kleines Kribbeln schlich sich in seine Magengrube hinein. Neugier. Ihr absoluter Schwachpunkt.

»Heute Abend ist unser Auftritt im Black Velvet. Komm doch einfach hin und überzeug dich selbst davon, wer wir sind und was wir so machen. Das ist nämlich ziemlich genau das, was ich mir für den Laden hier vorstelle.«

»Ich gehe nicht in Bars.«

»Wie schon gesagt, du hast ein völlig falsches Bild. Und wenn es dir nicht gefällt, dann kannst du dich ja sofort wieder umdrehen und gehen. Aber ich denke, ein simples Reinschauen bist du mir schon schuldig.«

Er konnte sehen, wie sie mit sich kämpfte. Auf der einen Seite störte es ihn, dass sie überhaupt überlegen musste, auf der anderen war er unglaublich erleichtert, dass sie es tat. Aber anscheinend brauchte sie noch einen kleinen Schubs in die richtige Richtung. »Ich hab deine Stammkunden mit Kaffee versorgt, neue Kunden mit Musik angelockt, ich hab dir geholfen, den Lagerraum auszuräumen und …« Und ich habe dich geküsst und es hat dir gefallen, aber das sprach er nicht laut aus. »Ich denke einfach, du könntest wenigstens hinkommen, dir eins unserer Stücke anhören, vielleicht mit meiner Band sprechen und dann wieder gehen … wenn es dir tatsächlich nicht gefällt. Wir beißen nicht.« Er setzte das anzüglichste Grinsen auf, das er hinbekam. »Es sei denn natürlich, du möchtest das gerne.«

Sie sah ihn mit einem Kopfschütteln an und tatsächlich zupfte ein winziges Lächeln an ihrem Mundwinkel. Sie seufzte. »Und was mache ich mit Otis?«

»Den bringst du mit. Ich spreche mit Brad, dem Besitzer. Auf jeden Fall kann Otis dann entweder mit rein oder er müsste hinter die Bar … schätze ich … macht er das mit?«

»Ich denke schon.« Sie biss sich auf die Unterlippe und sah ihn nachdenklich an. Dann nickte sie einmal kurz. »Einverstanden. Ein Lied. Aber wenn es mir nicht gefällt, dann …«

»Dann gehst du wieder und ich spreche dich nie wieder darauf an.«

Sie nickte noch einmal.

»Allerdings würde ich mir an deiner Stelle etwas Netteres anziehen. Ein Rock ist zwar schon ganz okay, aber ich bin mir nicht sicher, ob die dich so da reinlassen.«

Sie zog die Brauen hoch. »Ach, aber mit Löchern in der Jeans darf man auf die Bühne?«

Er lachte. »Sicher nicht. Ich zieh mich auch noch um. Mein Anzug hängt im Hotel-Badezimmer und wird hoffentlich gerade den Großteil seiner Falten los, weil Chris eine seiner Duscheskapaden einlegt.«

Amy öffnete den Mund, als ob sie noch etwas sagen wollte, klappte ihn aber gleich wieder zu. Vielleicht würden sie ja irgendwann noch auf den Grund ihrer Zurückhaltung vorstoßen.

»Also, wir sehen uns dann gleich im Black Velvet?«, fragte er.

Amy schloss kurz die Augen, dann nickte sie.

Black Velvet

Amy war nervös. Sie hatte sich ihren besten Rock aus dunkelgrüner Seide mit hellgrünem Rankenmuster ausgesucht und über das schwarze Trägertop einen grünen Bolero gezogen. Wenn sie damit nicht hereinkam, dann gar nicht, denn etwas Schickeres besaß sie nicht. Wozu auch. Normalerweise machte sie um Clubs und ähnliches einen weiten Bogen.

Aber als sie jetzt nach oben blickte, war sie nicht sicher, ob ihr Outfit reichen würde.

Das Bryant Park Hotel war ein riesiges Gebäude aus glattem, schwarzem Stein. Die Schaufenster im Erdgeschoss reichten fast zwei Stockwerke hoch und gaben den Blick frei auf das sanft beleuchtete Rot des Innenraums. Darüber zierten zwei breite Reihen aus schlichtem, goldfarbenem Stuck die Fassade. Überhaupt konnte man von außen den Eindruck gewinnen, ein modernes Fantasy-Schloss vor sich zu haben.

Als der Pförtner ihr die Tür öffnete, trat Amy in einen langen Gang. Die Wände waren mit großen, roten Rechtecken bedeckt, die aussahen, als wären sie mit Leder bespannt. Links und rechts führte je eine Tür ab und am Ende des Gangs gab es links einen Aufzug.

Unschlüssig fragte sie den Pförtner, wo sie das Black Velvet finden könnte. Der warf einen sehr abfälligen Blick auf Otis und deutete dann schließlich doch geradeaus auf den Aufzug.

Sie gab dem Mann ein Trinkgeld, das ihn hoffentlich davon abhielt, irgendjemanden zu informieren, und ging so schnell sie konnte zum Aufzug.

Neben dem Knopf für den 26sten Stock befand sich ein goldenes Schild mit schwarzen, edel geschwungenen Buchstaben und Amy fragte sich ernsthaft, was ein Lederjacken-Rocker mit ausgefransten Hosen hier zu suchen hatte.

Als sich im obersten Stockwerk die Türen öffneten, fiel ihr erster Blick auf die Glasfront direkt gegenüber. Die gesamte Wand bestand aus einem breiten Panoramafenster und dahinter ergoss sich ein endloses Meer aus schwarzem Samt, auf dem die Lichter von New York City glitzerten wie Millionen winzige Diamanten. Amy hatte plötzlich eine ziemlich genaue Vorstellung davon, woher das Black Velvet seinen Namen hatte.

Eine Art Türsteher kam ihr entgegen. Der groß gewachsene Mann mit gepflegtem Dreitagebart und unglaublich breiten Schultern wollte sie schon mit einem Lächeln begrüßen. Aber das entglitt ihm sofort, als er Otis entdeckte. Sein Gesicht versteinerte.

Amy wurde ganz mulmig zumute und erwartete, ganz sicher, mit einem Fußtritt nach draußen befördert zu werden. Himmel, am liebsten hätte sie bei dem finsteren Gesichtsausdruck des Mannes sofort selbst die Flucht ergriffen, aber da kam ein junger Kerl auf sie zu. Er war dürr wie eine Bohnenstange, hatte langes, blondes Haar, das im Nacken zu einem Zopf gebunden war und eisgraue Augen. »Hi, du bist sicher Amy. Ich bin Chris und das hier ist unser guter John.«, er lächelte breit. »John ist ein bisschen kurz angebunden, aber er passt immer gut auf seine Gäste auf, nicht wahr?«

»Ist das Ryans Freundin?«, knurrte er.

»Das will ich doch schwer hoffen. Sonst müssten wir wohl von einem Angriff der Klonkrieger ausgehen.«

Der Blick des Türstehers blieb finster. Er musterte Otis, dann Amy und zeigte anschließend auf den kleinen Hund, der sich sofort winselnd hinter Amys Beinen versteckte.

»Das da muss hinter die Bar«, sagte John mit seiner unglaublich tiefen Stimme.

Amy schluckte. Sie wusste nicht, was sie antworten sollte und hatte ehrlich gesagt keine Ahnung, ob Otis alleine hinter der Bar bleiben würde.

Aber Chris lachte herzhaft. »Klar, John. Das machen wir schon.« Er wandte sich Amy zu. »Hier entlang.« Dann beugte er sich dicht an ihr Ohr und flüsterte. »Keine Panik, der bellt nur, aber der beißt nicht. Und wir haben vorgesorgt.« Amy hatte nicht die geringste Ahnung, was mit den Vorbereitungen gemeint war, aber er hielt ihr den Arm hin und sie hakte sich zaghaft unter.

»Siehst du den Mann hinter der Bar?«, fragte Chris. Das war eine merkwürdige Frage, denn der Kerl, der gerade Alkohol in einen Mixbehälter füllte, war schwer zu übersehen. Er konnte dem Türsteher an Masse durchaus Konkurrenz machen. Allerdings war sein Haar blond und kurzgeschoren und ein breites, freundliches Lächeln spielte auf seinem Gesicht.

»Das ist Brad, ihm gehört der Laden. Hey, Brad, das ist Amy.«

Er streckte ihr die Hand entgegen und Amys Finger wurden von seiner mächtigen Pranke fast verschluckt. »Hi Amy. Dein Hund kann leider nicht bei den Zuschauern sitzen. Aber wir haben für deinen kleinen Freund etwas mitgebracht.« Tatsächlich gab es hinter der Bar ein riesiges Kissen, das so aussah, als wäre es unglaublich teuer gewesen und gehörte ganz sicher nicht auf den Fußboden. Daneben standen eine Wasserschüssel und sogar ein Futternapf.

»Ich war so frei, etwas Bestechungsmaterial zu besorgen, wenn du damit einverstanden bist.« Damit hielt er ihr eine riesige Tüte Hundeleckerchen unter die Nase, von der eine Bulldogge drei Tage lang satt geworden wäre.

Otis hob bereits schnuppernd die Nase in die Luft und wedelte mit dem Stummelschwanz, obwohl ihn noch eine komplette Theke von den Leckereien trennte.

Normalerweise mochte Amy so etwas gar nicht. Aber in Anbetracht der Tatsache, dass das hier eine Ausnahme war und weil Otis mittlerweile vor Freude sabberte und Männchen machte, schmunzelte sie. »Ich denke, das geht schon in Ordnung.«

Chris zeigte ihr eine hüfthohe Seitentür und Amy konnte gar nicht schnell genug die Leine lösen. Otis stürzte sich sofort auf den Futternapf, in den der Barkeeper mittlerweile viel zu viele Leckerchen gekippt hatte.

Jetzt, da ihr Freund versorgt war, hatte sie zum ersten Mal Gelegenheit, sich in Ruhe umzusehen. Der Sockel der Theke war rot, genau wie die Wände unten am Eingang. Das war aber schon die einzige Gemeinsamkeit. Die Marmorplatte darauf hatte einen goldenen Beigeton und auch die Kissen der Barhocker waren mit einem goldenen Leder bezogen. Hinter der Bar reihten sich dutzende bunter Flaschen aneinander und verschnörkelte Schmuckbögen aus schwarzem Metall verzierten die cremefarbene Wand.

Kleine, schwarze Tische mit gemütlichen Sesseln schmiegten sich an die Wände und umrahmten eine Tanzfläche. Die Decke des Raumes war mit beigem Samt bespannt und wurde immer wieder von goldenen Quadraten unterbrochen, die den Raum mit indirektem Licht durchfluteten und ihm damit ein ganz besonders edles Flair verliehen.

Amy setzte sich auf einen der Barhocker und beobachtete Otis, der seinen Kopf tief in die viel zu große Schüssel gesteckt hatte und genüsslich schmatzte.

»Wo ist Ryan?«, fragte Amy.

»Der musste noch mal schnell zur Toilette, eine Runde rückwärts frühstücken.«

Amy blinzelte verwirrt.

»Er muss sich übergeben.«

»Ist er krank?«

»Nein«, Chris lachte. »Aber vor einem Auftritt ist er erst dann zufrieden, wenn sein Magen komplett leergepumpt ist.«

Amy konnte es gar nicht glauben. War das derselbe, taffe Typ, der bei ihr in den Laden gekommen war und mehr als einmal sein Gewinnerlächeln ausgepackt hatte? Derselbe Mann, der so viel Selbstbewusstsein ausstrahlte, dass er aussah, als könnte er *alles* erreichen? »Als er im Buchladen gespielt hat, war das aber nicht der Fall.«

»Nicht?« Chris kratzte sich nachdenklich am Kinn. »Vielleicht war das für ihn kein Auftritt. Bei den Proben hat er auch keine Probleme. Auf jeden Fall kommt er sicher gleich wieder raus. Viel kann nicht mehr in ihm drin sein. Willst du eine Cola?«

»Wasser, danke.«

Ohne gefragt zu werden, schob ihr Brad ein Glas zu. Als er sich wieder wegdrehte, beugte Amy sich näher zu Chris. »Ich bin überrascht, dass sie sich wegen Otis so viel Mühe gegeben haben.«

Chris machte eine wegwerfende Handbewegung. »Brad hat selber Hunde. Der ist happy, dass er einen Grund hat, eine Ausnahme zu machen.«

Amy warf einen Blick auf die gigantische Leckerchentüte. »Und was für Hunde?«

»Zwei Deutsche Doggen«, sagte Brad ohne aufzusehen, aber grinste breit. »Ich höre alles.«

Amy fühlte, wie ihr das Blut in die Wangen schoss. Zum Glück entdeckte sie Ryan, der gerade aus einer Tür neben dem Aufzug trat.

Er trug einen schwarzen Anzug und sah einfach umwerfend darin aus. Wie ein völlig anderer Mensch. Wenn er ihr jetzt erzählt hätte, er würde als CEO in einem großen Unternehmen arbeiten oder als Bestatter in einem Beerdigungsinstitut, sie hätte ihm beides abgekauft.

Allerdings sah er in der Tat verdammt blass um die Nase aus. Eine junge Frau in einem atemberaubenden, knöchellangen schwarzen Kleid, hakte gerade ihren Arm unter seinen und sagte etwas zu ihm. Ihr kurzes schwarzes Haar lag im Stil der 20er Jahre eng an ihrem Kopf an und sie trug ein glitzerndes Stirnband, das mit einer weißen Feder geschmückt war.

Amy hätte fast geseufzt. Die Frau war unglaublich hübsch. Und fast wäre sie ein bisschen eifersüchtig geworden, aber dazu hatte sie natürlich kein Recht. Schließlich war sie es gewesen, die Ryan weggestoßen hatte.

Sie riss sich zusammen und beschloss, sich für ihn zu freuen. Irgendwie. Ryan entdeckte sie und ein Lächeln huschte über sein Gesicht. Er führte seine hinreißende Begleitung zu ihnen herüber.

»Hi, du bist gekommen«, sagte er und schien erleichtert. Oder überrascht. Oder beides.

Chris schüttelte den Kopf. »Das ist ja wohl offensichtlich. Nicht ganz so offensichtlich ist der Name deiner Begleitung. Amy, darf ich vorstellen, das ist unsere Sängerin Mona. Mona, das ist die geheimnisvolle Amy.«

»Freut mich, dich kennenzulernen.« Mona lächelte mit ihren tiefrot geschminkten Lippen und hielt ihr die Hand entgegen.

Amy zögerte. Gegen diese wunderhübsche, zierliche Person in ihrem Bühnenoutfit fühlte sie sich wie der allerletzte Bauerntrampel. Aber sie nahm die dargebotene Hand und lächelte höflich. »Hi, freut mich auch.«

Ryan gewann ganz langsam wieder ein bisschen Farbe. »Und? Ist es so, wie du es dir vorgestellt hast?«, fragte er.

Amy schüttelte den Kopf. »Nicht im Mindesten.«

»Hab ich's dir doch gesagt, aber warte, bis du unseren Auftritt gesehen hast.«

»Denk nicht zu viel drüber nach, sonst musst du gleich wieder auf Toilette und dafür haben wir jetzt keine Zeit mehr«, sagte Chris und tippte auf seine Uhr.

Das schien Ryan auf eine Idee zu bringen. »Ich hab Chris übrigens von deinem E-Book-Problem erzählt«, sagte er.

»Meinem E-Book-Problem?«

»Na, dass du manchmal Kunden hast, denen ein bestimmtes Buch zwar gefällt, aber die es lieber als E-Book-Variante kaufen würden. Auf jeden Fall hat er gesagt, dass er vielleicht eine Idee hat.«

Chris wurde plötzlich ganz aufgeregt. »Ja, ich hab da ein bisschen drüber nachgedacht und ich glaub, die Lösung ist gar nicht so schwierig. Ich meine, jedes Buch hat ja einen Barcode. Das heißt: alles, was man machen müsste, wäre einen Scanner zu programmieren, der deinem Kunden dann das passende E-Book in seinem Lieblings-Online-Shop raussucht. Du hast natürlich immer noch das Problem, dass dein Laden nicht daran verdient, aber immerhin haben die Leute dann über dich gefunden, was sie gesucht haben und kommen vielleicht wieder, wenn sie mal ein Papierformat möchten. Ich weiß ja nicht, wie du das siehst, aber ich finde, das wäre ziemlich cool ...«

Ein Räuspern und alle vier fuhren herum. Brad der Barkeeper hatte sich zu ihnen rübergebeugt. »Ich glaube, ihr könnt dann mal loslegen.«

»Wir reden später«, flüsterte Chris.

Ryans Gesicht wurde inzwischen noch um einen Farbton bleicher, aber er nickte und gemeinsam gingen die drei auf die Bühne.

Vor den Lichtern auf der samtschwarzen Skyline von New York setzte Ryan sich an den glänzend schwarzen Flügel, Chris nahm sein Cello in die Hand und Mona griff nach dem Mikrophon.

Auf ein geheimes Signal – Amy konnte es zumindest nicht sehen – begannen die drei zu spielen. Und schon mit den ersten Tönen wurde Amy in eine fremde Welt gezogen. Eine Welt aus wundervollen, atemberaubenden, tanzenden Klängen und herrlichen Melodien.

Bei ihrer ersten Begegnung mit Ryan, hatte sie mit vielem gerechnet. Mit Hard Rock, Heavy Metal, Punk und Garagengeschrummel. Aber ganz sicher nicht mit diesen wunderschönen, klassisch angehauchten Stücken.

Zarte Klänge, weiche Rhythmen und dazu Monas glasklare Stimme, die gemeinsam durch den Raum vibrierten. Keine Arien, sondern irgendwie moderner, aber trotzdem … alt.

Amy fiel es unglaublich schwer, die Musik in Worte zu fassen. Deshalb lauschte sie einfach mit halb geschlossenen Lidern den summenden, tanzenden, wirbelnden Bildern, die in ihrem Innersten schwebten, ihr Herz berührten und ihre Seele zum Singen brachten.

Aussicht

Amy saß auf dem Barhocker und starrte verträumt auf die Bühne. Die Musik hatte Amy alles um sich herum völlig vergessen lassen. Sie war richtig verwirrt, als das Stück plötzlich endete und sich Stille im Raum ausbreitete. Aber nur für einen Augenblick, dann erklang begeisterter Applaus.

Ryan erhob sich von seinem Platz. Chris stellte sein Cello ab und zu dritt verbeugten sie sich.

Amy warf einen prüfenden Blick zu Otis. Der hatte sich auf das Kissen zurückgezogen und ließ mit geschlossenen Augen die Zunge aus dem Maul hängen. Entweder war er schon eingeschlafen oder kurz davor. Auf jeden Fall konnte sie an seinem kugeligen Bäuchlein sehen, dass er pappsatt war. Dabei hatte er den Topf mit den Leckerchen nicht einmal annähernd geleert. Sie musste grinsen.

Inzwischen war die Band bei ihr angekommen. Chris fläzte sich direkt neben sie und Mona bestellte mit einem Handzeichen ein Wasser. Ryan hatte ein Problem mit seinem Klavier-Hocker und Brad setzte sich gleich in Bewegung, um sich das näher anzusehen.

»Hast du den Balkon schon gesehen?«, fragte Mona.

»Ich wusste gar nicht, dass es einen gibt.«

»Komm, den muss ich dir zeigen.«

Sie hielt auf die Bühne zu, machte dann einen kleinen Schlenker nach rechts und griff nach einem Knauf, der einen Teil der Glasfassade als Tür enttarnte.

Amy trat nach draußen in ein glitzerndes Meer aus Schwarz. Der Nachtwind griff mit warmen Fingern in ihr Haar und sie lachte auf. »Wow.«

»Wunderschön, nicht wahr?«

»Atemberaubend.« Amy trat an das schwarze Geländer vor der goldgestrichenen Balustrade und blickte über die Stadt.

Unter ihnen erstreckte sich der Bryant Park, wo im Sommer Filme auf großer Leinwand vorgeführt wurden und die New York Public Library, ein Haus voller Wissen und Geschichten. Das alles ruhte mitten zwischen grauschwarzen Hochhausriesen, die sich mit Kleidern aus goldenen Lichtpunkten geschmückt hatten.

Mona stellte sich neben sie.

»Seid ihr schon lange in einer Band?«, fragte Amy.

»Oh, frag lieber nicht«, lachte Mona. »Sonst komme ich mir alt vor. Schon seit der Highschool.«

Das bedeutete, sie kannte Ryan gut. Verdammt gut. Amy nahm all ihren Mut zusammen, um die nächste Frage auszusprechen. »Hat er eigentlich eine Freundin?« Sie versuchte unbeteiligt zu wirken.

Mona sah sie überrascht an. »Nein.« Dann legte sie nachdenklich den Kopf zur Seite. »Ryan ist ein netter Kerl, weißt du.«

Amy blickte die adrette junge Frau von der Seite an.

Ja, sie merkte auch immer mehr, wie wenig Ryan mit dem Mann gemeinsam hatte, der vor ein paar Tagen in ihren Buchladen getreten war. Oder von dem sie *gedacht* hatte, dass er hereingekommen war. Von dem abgerockten Bandsänger war nicht mehr viel übriggeblieben. Stattdessen war ein Klavierspieler daraus geworden, ein rücksichtsvoller junger Mann, mit einem Faible für Kaffee und der Fähigkeit, zuzuhören.

Sie schluckte.

»Er hat gesagt, ihr hättet euch geküsst.«

Amy bekam große Augen. Davon hatte er erzählt? Aber das war doch gerade erst … oh, sie redete vom ersten Mal.

»Was denn?«, fragte Mona. »Hat es dir nicht gefallen?«

Amy seufzte. Und *ob* es ihr gefallen hatte. Sie spürte jetzt noch die Schmetterlinge, die durch ihren Bauch flatterten und mit goldenen Fühlern an ihrem Herzen kitzelten.

Aber es fiel ihr so schwer, ihm zu vertrauen und sich fallenzulassen. Dafür hatte sie schon zu viel hinter sich. »Er hat einfach das falsche Geschlecht«, sagte sie schließlich, und sah Mona mit einem halb verzweifelten Lächeln an.

»Oh, Kleines, so schlimm?« Mona legte ihr einen Arm um die Schulter und Amy war unglaublich froh über das Verständnis.

»Weiß er es schon?«, fragte die junge Frau.

Amy schüttelte den Kopf. »Na ja, ein bisschen. Aber … ich hab ihm noch nicht die ganze Geschichte erzählt. Mit Frauen kann ich das einfach besser.« Sich einer Beatrice oder Mona zu öffnen, das fiel ihr irgendwie wesentlich leichter.

»Dann wird es aber Zeit«, sagte sie ernst, legte beide Hände auf das Geländer und blickte über die Stadt.

Da kamen Chris und Ryan auf den Balkon. Mona schien erleichtert.

»Chris hat noch ein paar Fragen zu der App, die er programmieren soll«, sagte Ryan mit einem breiten Grinsen.

Amy lachte verlegen. »Aber das kann ich mir doch gar nicht leisten.«

»Ich denke, ich müsste dich bezahlen, weil ich endlich wieder ein Projekt habe, das mir richtig Spaß macht«, sagte Chris.

»Und ich glaube, da könnt ihr beiden später noch drüber reden«, sagte Mona. »Komm Chris, du spendierst mir jetzt einen Cocktail, irgendetwas mit Erdbeergeschmack, um meine Stimme zu ölen.«

»Ach, und wie komme ich zu der Ehre? Ich hatte gedacht, ich könnte gerade noch …«

»Ja, ja, später geht's wieder um Quellcode Performance und Appi und hast du nicht gesehen, aber jetzt lassen wir die beiden hier erst mal ein bisschen allein.«

»Es heißt API«, nuschelte Chris und Mona hakte ihn kurz entschlossen unter, um ihn zurück an die Bar zu führen.

***

Ryan lehnte sich lässig an das Geländer. Aber er wartete nur gerade lange genug, bis die beiden anderen außer Hörweite waren. »Und? Wie hat es dir gefallen?«, fragte er und versuchte, unbeteiligt über die Häuser zu blicken. Aber in seiner Brust tanzte sein Herzschlag Samba.

»Es war toll«, sagte Amy und es klang absolut aufrichtig. Was hätte sie auch für einen Grund zu lügen? Außerdem war sie immer noch hier. Das alleine war schon Beweis genug, dass er irgendetwas richtig gemacht hatte.

»Wirklich?«, fragte er trotzdem, um es noch einmal von ihr selber zu hören und sah ihr ins Gesicht.

Ihre Augen leuchteten und ein zartes Rosa färbte ihre Wangen. »Ich meine … es war ganz und gar nicht, was ich erwartet hatte.«

Sofort stürzte sein Magen zwischen seine Kniekehlen. War das gut oder schlecht? »Was hast du denn erwartet?«

»Ganz ehrlich?« Sie blickte verlegen zur Seite.

Er war sich nicht sicher, ob er die Antwort wissen wollte, aber am Ende musste es sowieso raus. Also nahm er all seinen Mut zusammen. »Klar.«

»Einen drogensüchtigen Loser, der in irgendeinem Drecksloch nichtexistente Akkorde vor sich hin schrummelt.«

»Schrummelt?«

»Daran hängst du dich auf?«

»Das Wort kenn ich eben nicht – schrummeln.« Er testete die Laute auf seiner Zunge.

»Na so …« Sie machte eine wackelnde Bewegung mit der Hand, die man vielleicht als das schnelle Anschlagen von Gitarrensaiten deuten konnte – wenn man sich anstrengte.

»Und wieso hast du das erwartet?«, fragte er und eine Erkenntnis summte am Rande seines Bewusstseins.

»Na, wegen den Löchern in der Hose, der Lederjacke … du sahst einfach zu gut aus, um wahr zu sein.«

Er schüttelte mit einer theatralischen Geste seinen nicht vorhandenen Pony aus der Stirn. »Gib's zu, es war genau dieser überaus herbe, männliche Charme, der dich umgehauen hat.« Sie knuffte ihn in den Oberarm und er lachte. Aber ihr Gesicht war völlig ernst. »Sorry«, sagte er und wusste, dass er irgendeinen Nerv getroffen hatte. Aber er bohrte nicht weiter, weil er Angst hatte, sie könnte gleich wieder verschwinden.

Er war viel zu froh, dass sie ein wenig auftaute und ihn nicht mehr ansah, als wäre er eine Klapperschlange im Schottenrock.

Mit ein bisschen Zeit würde sie ganz sicher von alleine zu ihm kommen.

Folgen

Ohne es zu wissen, hatte er sehr zielsicher ihren wunden Punkt getroffen. Und Amy hatte keine Ahnung, wie sie das kommunizieren sollte, ohne ihr komplettes Seelenleben vor ihm auszubreiten. Deshalb war sie dankbar für sein Schweigen und suchte angestrengt nach einem neuen Thema.

»Warum willst du eigentlich, dass der Buchladen ein Club wird?«, fragte sie und sprach damit die eine Sache aus, die ihr schon auf der Seele brannte, seit sie die Band mit ihrem ersten Stück auf der Bühne gehört hatte. »Du kannst doch hier spielen.«

»Das Black Velvet hat uns für ein Wochenende gebucht, das ist alles. Die meisten Bands müssen durch das ganze Land reisen, um sich über Wasser zu halten, falls sie das überhaupt schaffen. Versteh mich nicht falsch, das ist eine tolle Sache. Man sieht fremde Orte, trifft ständig neue Menschen, ich liebe diesen Teil des Bandlebens. Aber …« Er blickte über die funkelnden Lichter der Stadt. »Manche Kinder wünschen sich, Astronaut zu werden oder Superman oder Prinzessin. Ich wollte immer ein Barkeeper sein in meinem eigenen Club. Weißt du, derjenige, der abends die Biergläser mit einem alten Lappen auswischt und den Kunden bei ihren Problemen zuhört, sich dann ans Klavier setzt und mit einem einzigen Lied ihre ganzen Sorgen fortwischt – mein Dad konnte das.«

»Er war ein Barkeeper?«

»Nein, aber wenn es mir schlecht ging, dann hat er für mich Klavier gespielt. Wenn ich mich nicht schwer irre, dann genau auf der alten Lady, die jetzt bei dir im Laden steht. Und danach ging es mir immer besser.«

»Meinst du, das funktioniert wirklich? Also auch bei anderen Menschen?«, fragte sie in das Summen der Autos hinein, die tief unter ihnen vorbeifuhren.

»Ich denke, dass Musik etwas Magisches an sich hat. Du hast gesagt, dass es Geschichten gibt, die man liest, um etwas zu lernen, ohne selbst das Grauen durchlebt zu haben, das in ihnen steckt. Ich denke, dass es Musik gibt, die man hört, um eine Heilung zu erfahren, die man selbst noch nicht erfahren hat, weil man noch nicht bereit ist. Aber sie gibt einen Vorgeschmack auf das was kommen kann – sie gibt Hoffnung.«

Amy konnte spüren, wie wichtig ihm das war. Es klang wie aus tiefster Seele gesprochen, berührte sein Innerstes und hatte ihn angetrieben, all die Dinge zu tun, die eigentlich gar nicht sein Ziel gewesen waren. Nur, um sie zu überzeugen. Das war keine kalte Berechnung, sondern kam aus dem tief empfundenen Wunsch, das weiterzugeben, was ihn selbst berührte.

Und sie konnte ihn verstehen. Was für sie Geschichten waren, das war für ihn die Musik. Irgendwie anders und doch völlig gleich.

Sie hatte ihm Unrecht getan. Von Anfang an.

Sie hatte sich ein Urteil gebildet, ohne die Fakten zu kennen.

Amy suchte den Punkt, den er in der Ferne fixierte und drückte das eckige Metall des Geländers unter ihren Händen. »Es tut mir leid.« Sie sah ihn an. »Dass ich dich verurteilt habe und es tut mir auch leid, dass ich einfach davongelaufen bin …«

Sie wollte es ihm sagen, alles erklären, alles offenlegen. Aber sie brachte es einfach nicht fertig, den Satz zu beenden. Er hatte ihr so viel bewiesen, so viel von sich gezeigt, aber diesen Teil von sich freizulegen … es fühlte sich an, als müsste sie ein Messer nehmen und ihre Brust aufschneiden, um ihr Herz zu offenbaren … es tat einfach immer noch zu weh.

Er sah sie an. »Du wirst es mir sagen, wenn du dazu bereit bist.« Er lächelte und legte seine Hand auf ihre und in diesem einen Moment verschmolzen alle Bücher, die sie je gelesen hatte, alle Lieder, die sie je gehört hatte, zu einem einzigen Punkt. Zu der winzigen, glühenden Stelle, an der sich nur ihre Haut berührte und doch ihr Innerstes verband.

* * *

Ratterndes Surren auf Gleisen.

Unter dem Hudson war es restlos dunkel. Das Gewicht der schlafenden Stadt lastete mit seiner vollen Schwere auf dem Tunnel und drückte die rumpelnde Stille in das Zugabteil.

Die Wagenbeleuchtung wirkte dämmrig, malte dunkle Ringe unter die Augen der Mitreisenden und ließen ihre Gesichter fahl und käsig wirken.

Amy schob Otis auf ihrem Schoß zurecht, der seinen Kopf träge aus dem Rucksack hängen ließ. »War ein langer Tag, nicht wahr?«

Er legte den Kopf zur Seite und leckte sich mit seiner langen rosigen Zunge über die Lefzen.

»Oh ja, ich weiß, du hattest mächtig Glück. Aber glaub bloß nicht, dass ich das zur Gewohnheit werden lasse. Das war eine absolute Ausnahme.«

Otis brummte und legte das Kinn wieder auf der Lippe des Rucksacks ab. Amy hatte sie extra mit Stoff verstärkt, damit er sich nicht am Reißverschluss verletzte.

Vor ein paar Wochen war das gute Stück nach jahrelanger Nutzung kaputtgegangen. Daraufhin hatte sie ihm einen echten Hundetransport-Rucksack besorgt. Aber der war mit viel Ausdauer und wachsender Begeisterung zerlegt worden.

Deshalb hatte sie ihm den alten Rucksack geflickt und aufgemöbelt. Seither war Otis wieder zufrieden und stieg bereitwillig ein, sobald sie Taxi oder Bahn betreten mussten.

»Was hältst du eigentlich von der Sache?«

Er sah sie aus dem Augenwinkel an, also wollte er sagen *das fragst du noch?*

»Ich weiß, du hast von Anfang an gesagt, er wäre nett. Aber ich meine seine Idee. Denkst du, er sollte eine Piano-Bar aus unserem Buchladen machen?«

Otis schnaubte und sah aus dem Fenster. Die Tunnelwand huschte unter gleichmäßigem Rattern vorbei.

»Ich weiß, es war immer ein Buchladen und ich liebe ihn, das weißt du selbst. Aber Beatrice ist immerhin seine Großmutter und es ist sein Traum.«

Er brummte ein weiteres Mal.

»Ich weiß auch nicht, was dann aus uns werden soll. Kannst du dir vorstellen, in einer Bar zu arbeiten?«

Diesmal bekam sie keine Reaktion.

Sie streichelte sanft über seinen Rücken und versuchte, sich so eine Zukunft vorzustellen.

Das Black Velvet war eigentlich sehr angenehm, fast gemütlich. Ob Piano-Bar überhaupt die richtige Bezeichnung war? Der Ausblick war sensationell und Ryans Musik hatte ihr wirklich gut gefallen. Aber es fehlten einfach die Bücher. Es war zum Verzweifeln.

Otis gähnte und rollte dabei seine lange, rosige Zunge weit aus seinem Maul. »Du hast recht, ich will auch ins Bett. Vielleicht finden wir ja morgen eine Lösung.«

Sie kraulte ihn an seiner Lieblingsstelle zwischen den Ohren und Otis schloss genießerisch die Augen, während der Tunnel in grauschwarzen Flecken an ihnen vorbei ratterte.

***

Ryan kam aus der Dusche. So widerlich Hotels auch sein konnten, er war endlos dankbar für die Möglichkeit, sich am Morgen nach einer langen Nacht vernünftig zu duschen.

Der Versuch, das winzige Waschbecken im Buchladen zu benutzen, war eine Tortur gewesen. Da hätte er auch gleich einen Teelöffel nehmen können.

Jetzt stieg er in seine Hose und rieb sich mit dem Handtuch die Haare trocken, während er aus dem Badezimmer trat.

Mona saß auf dem Bett und sah von ihrer Modezeitschrift auf. »Und?«, fragte sie. »Hat sie es dir gesagt?«

»Was gesagt?« Er wischte sich mit dem Handtuch über den Nacken und hängte das gute Stück über eine Stuhllehne. Am liebsten hätte er jeden Kontakt mit Hotel-Mobiliar vermieden, aber irgendwo musste er das Tuch ja trocknen.

»Ich meine nur.« Mona zupfte unschuldig am Knie ihrer Netzstrumpfhose herum. »Irgendetwas Erwähnenswertes?«

»Ich denke schon, dass sie mir etwas sagen wollte, aber ich glaube, sie braucht einfach noch ein bisschen.« Seit er Amy kannte, hatte sich schon so viel geändert. Er wollte ihr die Zeit geben, die sie brauchte. Je länger das dauerte, desto länger war er in Sicherheit.

Mona fuhr sich mit der Hand durch das in spitzen Winkeln abstehende Haar.

Ryan zog sich ein T-Shirt über. Er kannte diese Geste. Die bedeutete nichts Gutes. »Was?«

»Nichts.«

»Raus damit.« Er verschränkte die Arme.

Mona war ganz offensichtlich hin- und hergerissen. »Sie sollte es dir lieber selber sagen.«

»Was sagen?« Er griff nach seiner Jacke.

»Sie ist lesbisch«, platzte Mona heraus.

Ryan hielt mitten in der Bewegung inne und starrte sie ungläubig an. »Wie bitte?«

»Sie hat es mir gestern gesagt.«

Und dann lachte Ryan los. Es platzte einfach so aus ihm heraus und für einen Augenblick konnte er gar nicht aufhören. »Guter Witz, Mona. Ich hätte dir echt fast geglaubt.«

Er nahm seine Jacke und zog sie kopfschüttelnd über.

»Hey, das war kein Scherz.«

Ryan sah sie forschend an. Das klang tatsächlich nicht, als ob sie witzig sein wollte. »Mona, ich weiß nicht, was sie dir erzählt hat. Aber glaub mir, sie ist nicht lesbisch.«

»Und da bist du dir ganz sicher?«

»Ich hab in meinem Leben schon die eine oder andere Frau geküsst und glaub mir, Amy ist ganz sicher nicht lesbisch.«

Mona schob die Unterlippe vor. »Sag nicht, ich hätte dich nicht gewarnt.«

Die Tür ging auf und Chris trat mit drei riesigen Papiertüten herein, auf jeder prangte das Logo einer großen Burgerkette. »Frühstück ist fertig.«

Mona verzog das Gesicht. »Schon wieder?«

Chris' Grinsen wurde nur noch breiter. »Morgen kannst *du* ja kochen.«

»Das hättest du wohl gerne.«

»In der Tat würde ich das liebend gerne einmal sehen. Allerdings bezweifle ich, dass etwas anderes dabei herauskommen würde als heiße Luft.«

Ein Kissen flog durchs Zimmer und hätte Chris ins Gesicht getroffen, wenn er nicht lachend ausgewichen wäre.

»Würde deinem Bauch nicht schlecht tun«, grummelte Mona.

»Hey, ich bin nicht fett!«

Ryan verdrehte die Augen, schnappte sich eine von den Tüten und verschwand mit einem knappen Gruß nach draußen.

Frühstück

Als Amy an diesem Morgen die Türe zum Laden öffnete, begrüßte sie der heimelige Duft von Büchern und Kaffee. Sie schloss die Augen und atmete tief ein. Den Kaffeeanteil würde sie vermissen. Vielleicht sollte sie sich ja auch so eine Höllenmaschine anschaffen. Aber vielleicht musste sie das gar nicht.

Vielleicht war es ja möglich, einen Kompromiss zu finden.

Otis rannte zu seinem Wassernapf, sobald sie ihn losgemacht hatte und verzog sich dann erschöpft in sein Körbchen.

»Guten Morgen«, rief Amy in die Stille. Aber es kam keine Antwort.

Dabei fiel ihr wieder einmal auf, wie lange Beatrice sich schon nicht gemeldet hatte. Amy würde nachher noch mal eine E-Mail schreiben. Eine kurze Antwort, das würde ihr ja schon genügen. Einfach nur, um zu wissen, dass Beatrice lebte, dass es ihr gut ging und sie sich später ausführlich melden würde. So etwas musste doch möglich sein.

Hoffentlich ging es der mysteriösen Schwester inzwischen besser.

Amy stellte den Rucksack auf dem Tresen ab und zog die Tüte mit den Bageln heraus.

»Hallo?«, rief sie noch einmal. Wieder keine Antwort. Sie ging nach hinten und öffnete die Tür zum Lagerraum.

Ryan saß auf seinem improvisierten Bett, hatte Kopfhörer auf den Ohren und führte gerade eine Kaffeetasse an den Mund.

Amy erinnerte sich an ihre letzte Begegnung in diesen vier Wänden und ihre Lippen prickelten bei dem Gedanken.

»Hi«, sagte sie.

Als er aufblickte, erschien ein Lächeln auf seinen Zügen und sofort bildete sich ein warmer Teich aus Sonnenschein in ihrem Magen. »Hi«, sagte er, zog die Kopfhörer herunter und warf einen Blick auf die Uhr. »Bist du nicht ein bisschen früh dran?«

Sie schob sich das Haar aus der Stirn und sah, wie sein Blick ihrer Bewegung folgte. »Für einen Samstag vielleicht. Ich dachte nur, du hättest eventuell Hunger, schließlich haben wir keinen Kühlschrank oder so.« Sie nickte zu der Papiertüte, die neben ihm auf der Matte stand. »Aber wie ich sehe, bist du schon versorgt.«

Er seufzte und steckte die Kopfhörer in seine Tasche. »Nein, ich konnte mich noch nicht dazu durchringen, etwas davon zu essen.«

»Das ist super!« Sie strahlte und wippte auf den Zehenspitzen.

»Und wieso das?« Er sah an sich hinunter, als würde er erwarten, einen Bierbauch vorzufinden.

»Na, dann hast du ja vielleicht Lust auf Bagel mit Frischkäse und Lachs.«

Er warf einen Blick auf die Tüte in ihrer Hand. »Wen muss ich dafür bestechen?«

»Nur mich.« Sie grinste, ließ sich neben ihm auf der Matte nieder und hielt ihm die Tüte mit den Brotringen entgegen.

»Otis hat sie ein bisschen plattgesessen, aber sie sollten trotzdem noch schmecken.«

»Platt oder nicht platt, Hauptsache satt.«

»Jetzt wirst du auch noch zum Dichter?«

»Offensichtlich kein Guter. Sonst hätte irgendwo noch reingepasst, dass es im besten Fall auch noch schmecken sollte.«

Sie strich sich das Haar hinter das Ohr.

»Danke für die Bagel und übrigens auch für die Decke.« Er klopfte auf die Unterlage. »Kann ich dir einen Kaffee anbieten?«

»Bitte. Und danke, den nehme ich gerne an. Aber ich dachte, nach allem, was du für den Laden getan hast, wäre es das Mindeste, dir ein kleines Frühstück zu servieren.«

Er öffnete die Tüte und starrte hinein. »Die sehen echt lecker aus.«

»Da ist zufällig ein kleiner Delikatessladen auf dem Weg hierher.«

»*Zufällig* auf dem Weg?« Er hob eine Braue und Amys Magen summte.

»Auf meinem Spazierweg sind sogar mehrere, aber der ist absolut klasse, hat den besten Fisch in New York – zumindest, soweit ich weiß.« Sie lächelte.

»Jetzt fehlt nur noch eine Pfefferminzschokolade, dann wäre es perfekt.«

»Zu Lachs?« Amy verzog das Gesicht.

»Klar, als Nachtisch. Bei uns gab's früher immer Pfefferminzschokolade zum Nachtisch. Kennst du nicht diese kleinen Dinger, die sie auch manchmal im Hotel auf das Kissen legen?«

»Doch schon ... aber zu Lachs ...«

Er lachte. »Ist ja schon gut. Zwingt dich ja keiner. Außerdem schmeckt es sicher auch so spitze.«

Amy spürte seine Schulter an ihrer, als er sich zurücklehnte und versuchte das warme Kribbeln zu ignorieren. »Wie kann man eigentlich zu dieser Jahreszeit freiwillig in einem T-Shirt herumlaufen«, fragte sie.

»Wieso? Es ist doch ziemlich warm draußen.«

»Unnatürlich warm. Aber nur nachmittags. Wenn ich morgens aus dem Haus gehe, dann würde ich mir in deinem Outfit die Zehen abfrieren.«

»Wieso? Ziehst du T-Shirts normalerweise über die Füße?«

»Quatsch.« Sie wippte mit der Schulter gegen ihn. »Du weißt, was ich meine.«

»Ach, tu ich das?« Er grinste.

»Es ist kalt, da brauche ich etwas an den Armen. Außerdem, kannst du das hier mit einem T-Shirt machen?« Sie zog den Ärmel ihrer Strickjacke über die Hand.

»Nein.«

»Siehst du. Eine absolut unverzichtbare Sache, solche Ärmel. Eine grandiose Erfindung.«

»Aber so kalt ist es hier drin doch gar nicht.« Seine Stimme klang heiser, als er seinen Blick von ihren Fingern löste und ihr tief in die Augen sah.

Tiefbraune, dunkle Augen, die sie einluden, in ihnen zu ertrinken. Amy schluckte. »Nicht?« Dabei kiekste ihre Stimme kurz nach oben und sie räusperte sich schnell.

»Ich finde es sogar ziemlich heiß hier drin«, flüsterte er.

Heiß? Amys Herz hatte Geschwindigkeit aufgenommen und trommelte mit schnellen Schlägen gegen ihre Brust.

»Du hast da was«, sagte Ryan und streckte seine Hand in Richtung ihrer Schläfe aus. Amy hielt ganz still, seine Finger fuhren in ihr Haar und glitten an einer Strähne ihres Ponys entlang.

»Was denn?«, fragte sie unsicher.

»Wundervolles, weiches Haar.« Ein schelmisches Lächeln hob seinen linken Mundwinkel nach oben.

Eine Welle aus heißer Gischt spülte durch ihren Magen, wärmte ihren Bauch und kitzelte mit einem rauschenden Summen durch ihre Brust. »Findest du?«, fragte sie und stellte sofort fest, dass es die dämlichste Antwort war, die sie hatte geben können. Aber er wandte sich nicht ab. Seine Finger gruben sich nur noch tiefer in ihr Haar, fanden ihren Nacken und er beugte sich zu ihr herunter. »Sehr«, flüsterte er.

Sie konnte die Wärme seines Atems auf ihrem Mund spüren. Seine Lippen kamen näher und Amys Haut kribbelte in der Erinnerung an ihren letzten Kuss. Diesmal gab es keinen Grund zu fliehen. Er hatte all ihre Bedenken zerstreut. Der gefährliche Kerl existierte nicht mehr und auch eine Freundin hatte er nicht.

Sie war hier, er war hier und das war alles, was zählte.

Er beugte sich noch etwas dichter heran, aber kurz bevor er sie berührte, hielt er inne, strich mit seinen Lippen dicht an ihrer Wange vorbei, zog eine Spur aus brennender Luft bis zu ihrem Ohrläppchen. Amys Herz raste in ungebremsten Sprüngen durch ihre Brust, ihr Atem ging flach und schnell und sie schloss die Augen.

»Wirst du wieder weglaufen?«, flüsterte er, so leise, dass sie es fast nicht hören konnte. Und sie fühlte, wie sein Atem heiß über ihre Ohrmuschel strich.

Sie schüttelte kaum merklich den Kopf und dann spürte sie weiche Haut an ihrem Ohr. »Versprochen?«, fragte er.

Aber Amy konnte nicht mehr denken. Seine Lippen fanden die empfindliche Stelle an ihrem Hals und sie legte ihren Kopf zur Seite. Weich und zärtlich suchten seine Lippen einen Weg nach unten zu ihrem Schlüsselbein.

Dann ließ er unvermittelt ab.

Amy hielt die Luft an. Was war los? Was hatte sie getan? Was hatte sie falsch gemacht?

Ihr Herz stampfte mit harten Schlägen in ihrer Brust und bis in ihren Hals hinauf. Da legte er seine Hände zärtlich an ihr Gesicht, hob ihr Kinn und sah tief in ihre Augen.

»Versprochen?«, fragte er noch einmal, mit drängend, sanftem Blick.

Amy fuhr sich mit der Zunge über die Lippen und sah, wie sein Blick sehnsüchtig der Bewegung folgte. Aber er rührte sich nicht. Noch nicht.

»Versprochen«, flüsterte sie.

Mit einem leisen Seufzen schloss er die Entfernung, senkte seinen Mund auf ihren, zärtlich, süß, dann wild und fordernd fanden seine Lippen ihre, drängten gierig zu ihr hin.

Ihre Hände suchten seinen Nacken, glitten über seinen Rücken, seine Brust. Und ihre Hüften folgten seiner Bitte, als er sie auf seinen Schoß hinüberzog.

Amy

Sie lagen auf der blauen Decke. Orangegoldenes Licht fiel durch den kleinen Fensterschacht und tauchte den Lagerraum in gemütliches Zwielicht.

Amy lag auf seiner Brust und Ryans Finger spielten mit einer goldenen Strähne.

Sie konnte sich nicht daran erinnern, sich jemals so wohl gefühlt zu haben. Ihre ganze Haut summte in der Erinnerung an Ryans Berührung und das, was gerade geschehen war. Sie schmiegte sich noch enger an seinen warmen Körper, um sich selbst davon zu überzeugen, dass es bestimmt kein Traum gewesen war.

»Jetzt sind die Bagels restlos platt«, stellte Amy fest und betrachtete mit einem kleinen Grinsen die weiße Tüte.

Ryan fand ihr Ohrläppchen und biss zärtlich hinein. »Dafür sind sie wieder heiß.«

Sie knuffte ihn in die Seite. »Schuft.«

»Wieso? Ich sag doch nur die Wahrheit. Warm schmecken sie am besten, oder?«

»Warmer Lachs? Na, ich weiß nicht. Aber mit Hunger schmeckt glaub ich alles.« Plötzlich fuhr sie hoch. »Oh mein Gott, ich hab Otis ganz vergessen.« Sie wollte aufspringen und ihrem armen kleinen Freund endlich sein Frühstück bringen.

Aber Ryan packte sie um die Taille und zog sie auf sich. »Hey, nicht so eilig. Er hält es auch noch zwei Minuten länger aus. Ich muss dir erst noch etwas Wichtiges sagen.«

Amy lachte und wehrte sich nur halbherzig. »Ach ja, und was wäre das?«

Ohne ein Wort drehte er sie auf den Rücken und legte seinen Mund auf ihren. Amy ließ sich fallen. Das alles war viel zu schön, um wahr zu sein, eine schillernde Seifenblase, die jeden Augenblick zerplatzen konnte. Aber das war ihr gleichgültig. Es war atemberaubend, sinnlich und wunderbar und sie würde jede Sekunde davon genießen.

Als er eine kurze Pause machte, um Luft zu holen und ihren Hals zu küssen, nahm sie all ihre verbliebene Willenskraft zusammen, um zu sprechen. »Jetzt muss ich ihm aber wirklich sein Frühstück bringen. Sonst verhungert der arme Kerl mir noch.«

Ryan stützte sich ab und biss sich mit einem verschmitzten Lächeln auf die Lippe. »Wie wäre es damit. *Ich* bring ihm das Futter und zur Belohnung bleibst du genauso liegen und merkst dir, wo wir gerade stehengeblieben sind.«

Amy spürte eine neue Flutwelle durch ihr Innerstes spülen. »Einverstanden. Das Futter ist im Rucksack.«

Damit sprang er auch schon auf. »Willst du dir nichts anziehen?«, rief sie ihm hinterher und stellte sich vor, wie Misses Lewis einen splitternackten Mann durch den Buchladen springen sah. Aber er war so schnell zurück, dass sie fast schon daran zweifelte, ob er den Napf tatsächlich gefüllt hatte.

Er legte sich auf sie, schmiegte sich an sie und bedeckte sie mit Küssen auf Mund und Hals und Ohren und flüsterte: »Wo waren wir stehengeblieben?«

***

Amy schloss die Augen und atmete seinen Duft ein. Kaffee, Leder und Schweiß. Frischer duftender Schweiß, keine Spur von Alkohol oder Abgestandenheit. Sie öffnete die Lider und konnte kaum glauben, wie das hier passiert war. Niemals hätte sie das vorhergesehen.

Alles um sie herum hatte sich mit unglaublicher Geschwindigkeit verändert.

Sie war ein Risiko eingegangen, hatte einem Mann vertraut und sich geöffnet. Zur Abwechslung war dabei kein Höllenschlund unter ihren Füßen aufgebrochen, um sie zu verschlingen. Kein Dämon war anwesend, um sie zu zerstören, sondern nur ein freundlicher Kerl mit einem selbstsicheren Lachen und panischer Bühnenangst lag glücklich neben ihr. Sie lächelte.

»Was?«, fragte er, als er ihren Gesichtsausdruck bemerkte.

»Nichts«, sie kicherte und fühlte sich albern dabei, deshalb versteckte sie ihr Gesicht an seiner Brust.

Er küsste ihr Haar und ein Schauer durchlief ihren Körper.

Amy schmiegte sich noch dichter an ihn und wäre am liebsten niemals wieder aufgestanden.

Aber natürlich musste der Laden irgendwann geöffnet werden. Vielleicht ja auch nicht, vielleicht könnte er ja einmal im Jahr etwas später aufmachen … oder einfach gar nicht. Sie grinste vor sich hin. Und Ryan betrachtete sie nachdenklich.

Amy fragte sich, was gerade in seinem Kopf vor sich ging. Sie wollte den Moment nicht zerstören, aber vielleicht war es an der Zeit, den nächsten Schritt zu tun.

»Als wir im Black Velvet auf der Terrasse standen,«, setzte Ryan an, »Da hast du gesagt, was du von mir erwartet hast. Wie ging das gleich? Ein schrummelnder Gitarrenspieler mit Drogenproblemen?«

Sie lachte leise, um ihre Verlegenheit zu verbergen. »Ich glaube, es war ein drogensüchtiger Loser, der in irgendeinem Drecksloch vor sich hin schrummelt, oder so ähnlich.«

»Genau. Wie kommst du auf so etwas?«

Sie seufzte. »Das ist eine lange Geschichte.« Und als könnte er spüren, wie sehr sie die Antwort bedrückte, zog er sie näher zu sich heran.

Eigentlich wollte sie ihm nicht antworten. Am liebsten hätte sie all das einfach vergessen, für immer hinter sich gelassen und niemals mehr daran gedacht oder darüber gesprochen – genau wie in den letzten sechs Jahren. Aber das konnte schließlich nicht ewig so weitergehen.

»Ich habe Zeit«, sagte er ruhig und strich mit den Fingern ihren Arm hinab, als wollte er sagen *Hey, ich bin hier und ich gehe nirgendwo hin.*

Und genau in diesem Augenblick entschied sie, dass sie es nicht länger für sich behalten konnte. Sie wollte ihr Leben nicht weiter nur Tag für Tag hinter sich bringen, sondern richtig leben. Wenn sie eine echte Chance wollte, glücklich zu sein, dann musste sie sich der Vergangenheit stellen. Und das ging nur, indem sie sich öffnete, ganz öffnete. Mit Haut und Haaren, Knochen und Fleisch, Herz und Seele. Sie musste darüber reden – über alles. Auch über die schmutzigen, kleinen Dinge, die ihr jetzt noch eine Gänsehaut bereiteten.

Und Ryan hatte eine ehrliche Antwort verdient.

Während sie nach einem Anfang suchte, drehte sie den Kopf, legte ihre Wange an seine Brust und füllte ihre Lunge mit seinem Duft, nach Kaffee, Leder und … Ryan. Das gab ihr Mut und Kraft für das, was sie nun auszusprechen hatte.

»Mein Dad …«, begann sie und brach gleich wieder ab. Dad, wie lange hatte sie dieses Wort nicht ausgesprochen. Wie falsch es sich anfühlte, wie kalt und schal und deplatziert.

Also versuchte sie es von vorne. »Mein Erzeuger war … kein besonders netter Mensch.« Ihr wurde zum ersten Mal bewusst, dass sie bisher niemandem davon erzählt hatte. Also nicht mit diesen Worten … mit überhaupt irgendwelchen Worten. Es waren immer nur Andeutungen gewesen.

Sie hörte, wie sein Herzschlag sich unter ihrem Ohr beschleunigte.

»Nett?«, fragte er, als wäre es ein fremdes Wort, das er noch nie gehört hatte.

Vielleicht sollte sie erst mit den einfachen Dingen anfangen. »Er hat in einer Band gespielt. Er war Leadgitarrist, zumindest hat er das von sich behauptet. Er hat Gitarre gespielt, gesungen und er war mächtig stolz darauf. Ich hab ihn in meinem ganzen Leben vielleicht einmal spielen gehört und für mich hat es eher geklungen wie ein gequältes Tier.« Eine Gänsehaut lief ihr die Arme hinunter und Ryan streichelte sie mit seinen Händen fort.

»Und er hat Drogen genommen. Das weiß ich heute. Es hat lange gedauert, bis ich das verstanden habe. Ich denke, das war auch der Grund, weshalb er meine Mutter … geschlagen hat.« Harte Worte für harte Taten. Ihr Mund war trocken, als die Bilder von neuem durch ihren Kopf schossen. Lebendig und in grellen Farben zuckten sie durcheinander, mischten sich mit dem bittersüßen Gestank seines Atems, dem hartkalten Ton seiner Stimme, der Angst, der Wut, der Hilflosigkeit. »Bis er dann …« Ihre Stimme brach.

Ryan versuchte nicht, ihren Satz zu beenden, er blieb ganz ruhig, hielt sie einfach fest. Die Stille breitete sich zwischen ihnen aus, wie alter Kaffee auf einer weißen Tischdecke. Braun und kalt und viel zu schnell überall.

Sie begann wieder zu sprechen, um das Muster zu brechen, um nicht wieder für Jahre zu schweigen. »Bis sie gestorben ist«, flüsterte sie in die Flecken zwischen dem Nichts. »Heute glaube ich, es war Selbstmord. Aber es kann auch ein Unfall gewesen sein. Ich weiß es nicht …«

»War er …?«, setzte Ryan an, aber ließ die Frage unbeendet, als wäre sie aus Glas und könnte zerbrechen, wenn man sie laut aussprach.

Amy hielt sich an ihm fest. »Ich glaube nicht, dass er es selbst gewesen ist, obwohl ihn auf jeden Fall auch Schuld trifft. Aber Schuld bringt niemanden wieder zum Leben. Und danach …«

Ryan zog scharf die Luft ein.

»Er hat mich nicht angefasst. Dazu habe ich es nicht kommen lassen. Ich bin weggelaufen. Das kann ich gut.« Sie grinste und versuchte, damit die Tränen zu vertreiben, die in ihren Augen brannten. Ryan drückte sie an sich. »Aber sie haben mich zu ihm zurückgebracht. Also habe ich mir … Freunde gesucht und mich hinter ihnen versteckt, Männer, denen ich zugetraut habe, ihn von mir fernzuhalten … die am Ende fast schlimmer waren als er.« Eine heiße Träne lief über ihre Wange, sengte sich ihren Weg bis in ihr brennendes Herz. Sie wischte das verräterische Nass schnell weg und lachte den Schmerz zur Seite. »Weißt du, wo Otis und ich am Ende Zuflucht gefunden haben?«

Er zog sie noch ein Stückchen dichter an sich, dass ihr fast die Luft wegblieb, aber es fühlte sich gut an – sicher. »Ich kann es mir denken«, sagte er.

»In einer Buchhandlung«, beendete sie ihre Geschichte trotzdem. »Beatrice hat mich aufgenommen …« Noch einmal wischte über ihr Gesicht. »Unter einer Bedingung hat sie mich damals eingestellt: keine Männer, zumindest keine drogensüchtigen Bandmitglieder. Und das hat die letzten Jahre richtig gut funktioniert. Aber als du dann aufgetaucht bist …«

»Hast du natürlich das Schlimmste befürchtet.«

Sie nickte.

»Und? Konnte ich dich vom Gegenteil überzeugen?«

»In den meisten Punkten.«

»Ach?« Er schien ehrlich überrascht und zog in einer sagenhaft sexy Bewegung seine Augenbraue hoch. »In welchem Punkt denn nicht?«

»Na ja, du spielst schon in einer Band.«

»Aber ich bin kein Schrummler.« Er schob die Unterlippe vor.

»Bist du nicht. Und der ganze Rest stimmt zum Glück auch nicht. Ich hatte nur solche Angst, dass ich mich wieder in die Arme meines Vaters flüchte – oder eines Abbildes von ihm. Eben mit der leisen Hoffnung, dass unter all der verbitterten Grausamkeit doch ein Mensch steckt, der fähig ist, mich zu lieben.« Ihr Herz zog sich zusammen, ihre Arme zitterten und diesmal liefen die Tränen ungehemmt über ihre Wangen. »Weißt du, ich glaube immer noch, dass auch hinter seinem Schicksal nur eine grausame Geschichte steckt, aber ich werde sie wohl niemals erfahren.«

»Musst du das denn? Immerhin sind es seine Entscheidungen, die dir so viel Schmerz verursacht haben und nicht seine Geschichte.«

»Vielleicht würde es mir helfen, ihm zu vergeben.«

»Ich denke, du musst zuerst dir selbst vergeben. Du warst ein Kind oder nahe daran. Du hast versucht, einen Weg da heraus zu finden, und du hast es geschafft. Du solltest stolz auf dich sein.«

»Aber doch nur mit Beatrice' Hilfe.«

»Jeder brauchte mal Hilfe. Und am Ende lag die Entscheidung immer bei dir. Du hättest jeden Tag zu ihm zurückgehen, jeden Tag Beatrice' Regel brechen können. Aber das hast du nicht getan. Sei einfach dankbar, dass sie zur richtigen Zeit im richtigen Buchladen gewesen ist.«

Hörte sie Bitterkeit in seiner Stimme? Verachtete er sie jetzt für ihre Vergangenheit, war es etwas ganz anderes oder nur die natürliche Reaktion auf das Verhalten ihres Vaters?

Aber er war ja hier. Er hielt sie immer noch fest, drückte sie an seine Brust und ließ sie seine Wärme spüren. Er konnte sie nicht verachten.

Sie schmiegte sich noch dichter an ihn und lauschte dem dumpfen Klopfen seines Herzschlags, noch lange, nachdem ihre Tränen getrocknet waren.

* * *

Während Amy nach vorne ging, um den Laden aufzuschließen, starrte Ryan in den kleinen Spiegel im Bad.

Er hatte gefragt. Also war er selber schuld, denn er hatte die Antwort wissen wollen.

Jetzt machte sie ihm Angst. Angst davor, was es für ihre Zukunft bedeuten konnte.

Was, wenn jetzt alles auseinanderbrach, seine schlimmsten Befürchtungen Wirklichkeit wurden?

Aber vielleicht war es auch gar nicht so schlimm. Er mochte Amy, mit ihrem Sonnenscheinlächeln, der Vorliebe für Bücher und dem golden schimmernden Haar. Vielleicht war es an der Zeit, einen Schlussstrich unter seine eigene Vergangenheit zu ziehen.

Er stieß sich vom Waschbecken ab, nickte seinem Spiegelbild zu und schüttete zwei frische Tassen Kaffee auf.

Amy hatte wirklich eine harte Geschichte hinter sich. Es war unglaublich, wie weit sie gekommen war. Selbst zu erkennen, was diese Männer für sie gewesen waren … kein Wunder, dass sie sich so schwer mit ihm getan hatte und dass sie ihn so vehement von sich gestoßen hatte.

Sich jetzt so zu öffnen und ihr Innerstes freizulegen, musste ihr unglaublich schwergefallen sein.

Er war kurz davor gewesen, ihr ebenfalls die Wahrheit zu sagen. Aber etwas hatte ihn zurückgehalten. Ein mulmiges Gefühl, das ihre Geschichte und ihre Offenheit mit sich brachten. Aber hauptsächlich natürlich der Fakt, dass er ihr nicht dazwischenfahren wollte. Das war ihr Moment, ihre Geschichte. Er wollte ihre Offenheit nicht abwerten, indem er sie übertrumpfte … zumindest hätte sie es so empfinden können.

Ryan konzentrierte sich auf das Milchkännchen und den Kaffee. Diesmal hatte er sich extra ein Video aus dem

Internet gesucht und beobachtete einen jungen Italiener dabei, wie er komplizierte Muster in den Schaum goss. Scheinbar hatte der Trick etwas mit der Entfernung des Milchkännchens zur Kaffeetasse zu tun. Am Anfang musste man die Kanne relativ weit entfernt halten, damit die Milch unter den Espresso *fiel* und am Ende das Kännchen ganz dicht heranbringen, wodurch der Schaum obenauf blieb.

Dabei noch ein bisschen wackeln und dann mit einer Bewegung aus dem Handgelenk *durchziehen*. Leider sah das wesentlich einfacher aus, als es war. Der erste Versuch in Amys roter Lieblingstasse ging gründlich in die Hose und sah wieder aus wie eine verunglückte Wolke oder ein Sahnebaiser. Bei der zweiten Tasse goss er am Anfang noch schneller, am Ende noch langsamer und im Ergebnis konnte man tatsächlich eine Form erahnen.

Er balancierte den Kaffee nach draußen und blieb einen kurzen Moment vor der Ladentür stehen. Nachdenklich beobachtete er Amy, die gerade die Bücher aufstellte, durch das Schaufenster und fragte sich, ob es so eine gute Idee war, ihr den gelungenen Kaffee zu geben und damit zu zeigen, dass er sie mochte. Vielleicht war es dafür ja noch zu früh. Oder es wirkte übertrieben.

Vielleicht sollte er lieber auf Nummer sichergehen?

Reaktion

Als Amy das Schild auf *geöffnet* wendete, war niemand zu sehen. Sie hoffte inständig, dass sie durch die Verspätung nicht allzu viele Kunden vergrault hatte. Andererseits war der Samstagmorgen für gewöhnlich sowieso eher ruhig und ihr Herz sang immer noch viel zu glücklich vor sich hin, um sich echte Sorgen zu machen.

Da es offensichtlich immer noch niemanden zu bedienen gab, beschloss sie, die Gelegenheit zu nutzen und draußen zu frühstücken.

Sie holte die Bagel und Ryan brachte natürlich einen frisch aufgegossenen Milchkaffee. Amy wischte ein paar gelbe Blätter von dem weißen Tisch und sie genossen die letzten warmen Sonnenstrahlen des Septembers. Dabei stellte sie fest, dass die Bagel auch platt gequetscht fantastisch schmeckten.

Sie trank aus der weißen Tasse und leckte sich genüsslich den Milchschaum von den Lippen. Dabei huschte ihr Blick immer wieder zu Ryan herüber. Ganz einfach, weil sie sich versichern musste, dass er tatsächlich noch da war und sie diesen Morgen nicht einfach nur geträumt hatte.

Sie hatte ihm alles erzählt und er war noch hier, war nicht abgehauen, hatte sich nicht in einen prügelnden, drogensüchtigen Rocker verwandelt.

Nein, Ryan saß einfach nur da, hielt sich an ihrer roten Lieblingstasse fest und war damit beschäftigt, göttlich auszusehen.

Sie fragte sich gerade, warum er eigentlich ihre Tasse genommen hatte. Nicht, weil es wichtig gewesen wäre, sondern einfach, weil er sonst so umsichtig war. Sogar für Otis hatte er ein Kissen unter den Tisch gelegt.

»Hat sich meine Großmutter mittlerweile eigentlich gemeldet?«, fragte er plötzlich.

Amy setzte den Kaffee ab und schüttelte ihren Kopf. »Nein. Ich hab vorhin erst an sie gedacht. Meinst du, wir müssen uns Sorgen machen?«

»Ich weiß nicht. Du kennst sie besser als ich.«

»Normalerweise ist sie ziemlich taff. Sie dreht jeden Morgen *ihre Runde*.« Amy malte Gänsefüßchen in die Luft. »So nennt sie das zumindest. Um es joggen zu nennen, ist es ihr zu langsam, aber das Wort *Walken* kann sie nicht ausstehen.« Amy grinste. »Nein, ich kann mir kaum vorstellen, dass sie in ernsthaften Schwierigkeiten steckt. Wenn doch, dann findet sie sicher einen Weg, da wieder herauszukommen. Ich hoffe nur, dass es ihrer Schwester mittlerweile bessergeht. Wusstest du, dass sie eine Schwester hat?«

Ryan schüttelte den Kopf. »An eine Großtante kann ich mich nicht erinnern. Aber ich hatte ja auch lange keinen Kontakt mehr zu ihr. Als ich sie das letzte Mal gesehen habe, war ich acht. Auch damals hab ich sie höchstens mal am Wochenende besucht.« Beim letzten Wort musste er sich räuspern.

Amy fragte sich, ob sie nachhaken sollte. Aber er hatte ihr auch immer Raum gelassen, sie ihr eigenes Tempo bestimmen lassen. Und es war ja nicht so, als ob sie es irgendwie eilig hätten.

Also ließ sie es auf sich beruhen. Fürs Erste.

***

Es wäre doch besser gewesen, wenn er auf Nummer sicher gegangen wäre. Aber nein, er hatte ihr ja unbedingt die weiße Tasse geben müssen.

Jetzt konnte er nicht anders, als die ganze Zeit darüber nachzudenken.

Das Frühstück war lecker, keine Frage und er tat ehrlich sein Bestes, um sich auf die Umgebung zu konzentrieren. Er genoss das immer noch satte Grün der Bäume, die vereinzelten gelben Blätter auf der Straße, die letzten warmen Sonnenstrahlen auf seinem Gesicht. Aber trotzdem wurde er das Gefühl nicht los, dass sie ihn die ganze Zeit beobachtete.

Das war natürlich Blödsinn. Sie hatten eine gute Zeit gehabt, das war alles.

Oder konnte es sein, dass ihr Milchschaumblatt doch zu sehr nach Herz aussah? Zumindest hatte sie kein Wort darüber verloren.

Aber immer, wenn sie sich unbeobachtet fühlte, wanderte ihr Blick zu ihm herüber. Das konnte keine Einbildung mehr sein.

Er hätte es sich gleich denken müssen. In dem Moment, als sie ihre Vergangenheit vor ihm ausbreitete, war es Zeit für den Rückzug gewesen.

Das war einfach zu viel, zu früh und musste falsche Erwartungen wecken.

Er hatte so gehofft, dass es dieses Mal anders sein würde. Eine Frau, ein Mann, eine ganz normale Beziehung. Das sollte doch möglich sein, oder?

Aber nein, sie musste ja sofort ihren gesamten Seelenschmerz vor ihm ausbreiten. Und jetzt verfolgte sie auch noch jede seiner Bewegungen.

Ryan führte die Tasse an seine Lippen und atmete so unauffällig wie möglich tief durch. Dabei fixierte er ein Blatt, das sich auf den Tisch verirrt hatte.

Er war nur übersensibel, das war alles. Solange sie ihm keine Geschenke machte, war sicher alles in Ordnung.

Es würde sich bestimmt herausstellen, dass sie genauso normal war, wie er das bisher angenommen hatte. Keine Mildrith, nur eine junge Frau mit einer dunklen Vergangenheit.

Aber machte sie nicht gerade diese Tatsache zur ultimativen Kandidatin, um genau das zu wiederholen, was ihm schon einmal passiert war?

Was, wenn *das hier* – was immer das genau war – nicht funktionierte? Was, wenn sich herausstellte, dass sie nicht zusammenpassten? Würde sie das einfach so akzeptieren? Würde sie ihn gehen lassen?

Oder würde ihre eigene Vergangenheit sie dazu bringen, sich an ihn zu klammern, egal, was die Vernunft ihr sagte?

Vielleicht sollte er besser versuchen, ein bisschen Abstand zu nehmen. Er wollte sie nicht vor den Kopf stoßen, schließlich war sie ehrlich nett und er konnte auch nicht bestreiten, dass er sie mochte.

Aber es wäre sicher für beide besser, wenn er sich ein wenig zurückzog.

***

Das Wetter war heute einfach viel zu schön. Der Laden blieb so gut wie leer und deshalb zog Amy in der Mittagspause los, um neuen Kaffee zu besorgen. Einfach, um das Gefühl zu haben, etwas gegen die Flaute zu unternehmen und in der Hoffnung, dass der neue Café-Anteil des Ladens wenigstens am Nachmittag ein paar Kunden anlockte.

Als sie dabei am Süßigkeiten-Regal vorbeikam, stockte sie vor der Auslage mit der Schokolade. Kurzentschlossen griff sie zu und mit einem albernen Grinsen schob sie die kleine Tafel in ihre Hosentasche.

Als die Klingel im Buchladen ihre Rückkehr ankündigte, entdeckte sie Ryan, der sich über das geöffnete Klavier beugte. Er sah nur kurz auf und drehte dann weiter mit seinem merkwürdigen Schraubenschlüssel ruckartig an den silbernen Noppen.

Amy stellte ihren Rucksack ab und kam zu ihm herüber. »Wie heißen diese Dinger eigentlich?«, fragte sie.

»Stimmwirbel«, sagte er.

Bildete sie sich das ein oder klang er irgendwie abweisend?

Sicher musste er sich konzentrieren. »Ich hab dir etwas mitgebracht«, sagte sie mit einem aufgedrehten Lächeln und zog die winzige Tafel Pfefferminzschokolade aus ihrer Hosentasche.

Er sah kurz auf und für einen Moment hätte sie schwören können, dass er schockiert aussah. Aber sofort senkte er wieder seinen Blick und schraubte weiter. »Danke«, sagte er. »Leg es doch auf den Tresen.«

Ihr Magen fühlte sich an wie Beton, der langsam hart wurde. *Das* war ganz und gar nicht die Reaktion, die sie erwartet hatte. Er sollte sich doch freuen, oder? Wenigstens ein bisschen lächeln. Wenn sie ehrlich war, dann hatte sie sogar mit einem Kuss gerechnet.

Amy versuchte, die Unterhaltung wieder in Gang zu bringen. »Wieso stimmst du das Klavier eigentlich? Das hast du doch gerade erst getan.«

Es entstand eine Pause, bevor er antwortete. »Das ist ein sehr altes Instrument und es ist lange nicht gestimmt worden. Durch die neue Spannung, die auf den Körper wirkt, verzieht sich alles und die Saiten müssen nachgestimmt werden. Es wird eine Weile dauern, bis das nicht mehr nötig ist.«

Trotzdem klang er kalt. Klang er kalt?

Amy redete sich das bestimmt nur ein. Oder?

Das war nur ihre Unsicherheit. Ein Teil von ihr wartete regelrecht darauf, dass er sich doch noch in eine schlechte Kopie ihres Vaters verwandelte.

Sicher war er nur so vertieft in seine Arbeit, dass er einfach keinen Kopf für Fragen hatte. Also lächelte sie leicht und ließ ihn mit seiner Arbeit alleine.

Zum Glück klingelte gerade das Glöckchen über der Türe und eine Kundin trat ein.

Die Dame gehörte zu der Sorte Nicht-zu-Befriedigen. Allerdings kam Amy gerade jede Form von Ablenkung recht. Deshalb ließ sie sich extra viel Zeit, ertrug jeden Seitenhieb mit Fassung und versuchte alles, um doch noch das Unmögliche möglich zu machen und für die Dame etwas zu finden, was sie glücklich machte.

Und das war ehrlich anstrengend. Alles, was Amy anbot, war erst mal generell falsch: zu neu, zu alt, zu ausgelutscht. Als sie dann doch noch etwas zu Tage förderte, das der Dame genehm gewesen wäre, war der Kundin die Lieferzeit zu lang. Nach über einer Stunde Tortur verzog sie sich dann, ohne auch nur ein Lesezeichen gekauft zu haben.

Ryan hatte inzwischen aufgehört, das Klavier zu stimmen, und war nach hinten verschwunden.

Amy fragte sich, ob das vielleicht eine gute Gelegenheit war, mit ihm zu sprechen und herauszufinden, was los war oder ob sie sich seine Zurückweisung doch nur einbildete.

Sie ging durch die Hintertür und blieb unschlüssig vor dem Lagerraum stehen.

Lag es vielleicht an ihr? Hatte sie etwas gesagt, das ihn gestört hatte oder das er falsch verstanden haben konnte?

Oder war es etwas ganz anderes … war sie vielleicht zu ungelenk gewesen?

Immerhin war ihr letztes Mal Jahre her.

Aber das war ausgeschlossen. Es hatte ihm doch auch gefallen. Sie konnte sich unmöglich dabei täuschen.

Alles war in Ordnung gewesen bis zu ihrem Einkauf. Danach hatte er angefangen, sich seltsam zu verhalten. War in der Zwischenzeit irgendetwas vorgefallen?

Aber was mochte das sein?

Vorsichtig öffnete Amy den Lagerraum einen winzigen Spalt. Sie wollte ihn unter keinen Umständen stören.

Dummerweise ging das Scharnier in die falsche Richtung auf und sie sah nur Wand.

Da wurde die Türe plötzlich aufgerissen, sie machte vor Schreck einen Satz nach hinten und Ryan stand wutentbrannt vor ihr. »Was? Darf ich nicht mal zwei Minuten alleine sein?« Seine Stimme war hart und kalt und viel zu laut.

Amy war völlig überrumpelt. »Ich … entschuldige … ich wollte nur …«

»Was wolltest du nur? Mich bespitzeln?«

Bespitzeln? Heiße Wut sammelte sich in ihrer Magengrube. Sie ballte die Hände zu Fäusten. »Jetzt reicht es aber. Welche Laus ist dir denn über die Leber gelaufen? Ich wollte nur sehen, ob es dir gut geht, das ist alles.«

»Wunderbar. Mir geht es fabelhaft. Mir würde es noch viel besser gehen, wenn ich vielleicht ein kleines bisschen Privatsphäre bekommen könnte und ich nicht auf Schritt und Tritt von dir verfolgt würde.«

»Ich hab dich doch nicht verfolgt!«

»Wie nennst du das dann, wenn jemand bei dir vor der Zimmertüre herumschleicht und versucht, dich durchs Schlüsselloch zu beobachten?«

»Sag mal, geht's noch?«

»Ich glaub, du wärst doch besser lesbisch gewesen.«

»Lesbisch?« Jetzt verstand sie gar nichts mehr.

»Ja, so, wie du es Mona erzählt hast. War das eigentlich ein Trick? Hast du gedacht, dass ich dich dann interessanter finde, so mit einem Flair der unerreichbaren Frucht?«

»Wovon zum Teufel redest du eigentlich? Ich hab Mona nie gesagt, ich wäre lesbisch.« Sie hatte doch überhaupt nur einmal mit Mona gesprochen … und genau da machte es *Klick*. Natürlich, sie hatte gesagt, dass sie sich besser mit Frauen verstand. Aber wie genau hatte sie das ausgedrückt?

Im Nachhinein hätte man das wohl recht einfach falsch verstehen können. »Das war ein Missverständnis«, sagte sie schnell.

»Ein Missverständnis. Wie praktisch. Dann war es wohl auch ein Missverständnis, dass du mir Pfefferminzschokolade mitgebracht hast.«

»Pfefferminzschokolade? Darum geht es? Das kann ja wohl nicht dein Ernst sein. Ich wollte dir einfach nur eine Freude machen, mehr nicht. Was ist denn bloß in dich gefahren? Was hab ich falsch gemacht?«

»Ach, vergiss es doch einfach ...« Damit fing er an seinen Schlafsack in den passenden Beutel zu stopfen.

Sie stand mit hängenden Armen da und starrte ihn an.

Er hatte gesagt, sie wäre besser lesbisch.

Das kratzende Reißen zog sich in ihre Kehle hinauf und zerrte an ihren Tränendrüsen. Aber sie würde jetzt nicht heulen. Nicht hier, nicht vor ihm.

Zum ersten Mal, seit ... seit immer, hatte sie jemanden gefunden – einen Mann gefunden – den sie mögen konnte. Der kein absoluter Verlierer war. Der sie nicht verprügeln würde, weil sie das Zigarettengeld verlegt hatte oder weil sie über ein Buch vergessen hatte, ihm Bier zu kaufen.

Jemanden, der *eigentlich* einfühlsam war, der mit seinen Fingern magische Klänge aus einem alten Klavier zaubern konnte und vor dem sie bereit gewesen war, ihr ganzes Herz auszuschütten.

Und dann stand er hier, bekam einen Anfall über Pfefferminzschokolade und *wollte*, dass sie lesbisch war?

Was war hier los?

Wann hatte die Sache angefangen, falsch zu laufen?

Wiedersehen

Sie hörte ein Bellen aus dem Verkaufsraum und erschrak. Es gab nicht viele Dinge, die Otis aus der Ruhe brachten. Deshalb ging sie schnell nachsehen. Die kleine Dogge stand vor dem Tresen und kläffte Amys Rucksack an.

Das konnte nur eins bedeuten: Der Vibrationsalarm war eingeschaltet und sie hatte gerade eine Nachricht bekommen.

»Alles gut, Kleiner. Ist doch nur das dumme Telefon.« Sie strich ihrem Freund über den Rücken und kraulte ihn mit der einen Hand hinter den Ohren, während sie mit der anderen das Handy aus dem Rucksack fischte.

Tatsächlich klingelte es immer noch. Das Krankenhaus meldete sich.

Amy lehnte sich vor Schreck an den Tresen, um sich nicht gleich auf den Boden zu setzen.

Beatrice schoss es ihr durch den Kopf.

»Misses Benson ist vor ein paar Tagen gestürzt«, sagte die Schwester am anderen Ende der Leitung.

»Geht es ihr gut?«, fragte Amy schnell.

»Sie ist wieder bei Bewusstsein, aber es wäre gut, wenn Sie schnell vorbeikommen könnten. Und bringen Sie bitte ihre Papiere mit.«

»Papiere?«, aber da hatte die Frau schon aufgelegt. Amy starrte den Hörer verständnislos an.

So schnell wie möglich?

Ihr Herz raste wie das Stampfen einer Dampflokomotive. Das konnte nichts Gutes bedeuten.

»Ryan?«, rief sie und schaffte es nicht, die Panik ganz aus ihrer Stimme herauszuhalten. Sie hob schnell den Kaktus auf dem Tresen hoch und schnappte sich den Ersatzschlüssel für die Wohnung.

»Was denn?« Ryan klang etwas genervt.

Seine Züge wurden weicher, als er ihre Aufregung bemerkte. »Was ist los?« Erst zeichnete sich Verwirrung, dann vielleicht Besorgnis auf seinem Gesicht ab.

»Beatrice ist im Krankenhaus.« Amy huschte Richtung Hintertür, durch den Flur und die Treppe hinauf. »Sie haben nicht gesagt, was los ist,«, rief sie über die Schulter. »Aber ich soll schnell kommen und ihre Papiere vorbeibringen.«

Ihre Finger zitterten so sehr, dass sie den Schlüssel überhaupt nicht ins Schloss bekam. Was konnte nur passiert sein? Wie war Beatrice gestürzt? Wo und wann? Und warum war sie überhaupt zurück in der Stadt?

Ryan stand plötzlich ganz dicht hinter ihr und legte seine Hand auf ihre. »Wenn es tatsächlich so schlimm wäre, hätten sie das dazu gesagt, oder?« Damit nahm er ihr den Schlüssel aus den Fingern und öffnete die Türe.

Amy schob sich an ihm vorbei und stutzte, als sie das Portemonnaie auf dem kleinen Schuhschrank neben der Türe liegen sah. Die Sache wurde immer seltsamer. Eilig machte sie sich auf die Suche nach den restlichen Unterlagen.

In der Zwischenzeit blieb Ryan in der Tür stehen und beobachtete sie. Leider wurde Amy nicht sofort fündig und sie wollte auch nicht zu viel Zeit vergeuden.

Also kam sie zurück zur Tür, strich sich den Rock glatt und überlegte verzweifelt, ob sie vielleicht noch irgendetwas mitnehmen sollte. Unterwäsche? Kleider? Eine Zahnbürste?

Ryan legte ihr die Hand auf die Schulter und sie war viel zu durcheinander, um sich zu wehren. Es fühlte sich sogar gut an, nicht allein zu sein. Viel zu gut.

»Es wird schon alles in Ordnung sein«, sagte er. »Komm, wir holen uns ein Taxi.« Das war wieder der Ryan, den sie kannte. Der freundliche, zuvorkommende Kerl mit den magischen Fingern und der sanften Stimme.

Sie folgte ihm die Treppe hinunter. »Warte, was ist mit Otis?« Der war aufgesprungen und stand neben dem Tresen, wartete darauf, dass sie den Rucksack und die Leine herausholte. Natürlich wusste der kleine Kerl, dass irgendetwas nicht stimmte.

Ryans Blick wanderte zwischen ihr und dem Hund hin und her. »Ich bleib hier und passe auf«, sagte er schließlich.

Aber Amy konnte ihm ansehen, dass er gerne mitgekommen wäre. Verständlich, schließlich ging es um seine Großmutter. Ihre Gedanken stolperten zwischen Otis und dem Krankenhaus hin und her.

»Wir geben ihn bei Kathy im Laden ab«, sagte sie kurz entschlossen.

»Die Kathy vom Leseclub?«

Amy nickte. »Sie arbeitet in einem Tattoo-Studio hier in der Nähe. Sie wird zwar nicht gerade begeistert sein, aber immerhin ist es ein Notfall.«

»Und das funktioniert?«

Sie wuschelte Otis über den Kopf. »Das wird sich zeigen.«

»Danke«, sagte Ryan und sie konnte spüren, wie ernst er es meinte.

»Sie bedeutet dir eine Menge, oder?«, fragte Amy.

Er fuhr sich mit der Hand in den Nacken. »In welchem Krankenhaus liegt sie denn?«, fragte er, ohne zu antworten.

Sie wiederholte, was die Schwester ihr am Telefon gesagt hatte und während Otis in den Rucksack sprang, ging Ryan nach draußen, um ein Taxi zu rufen.

Als sie aus dem Laden trat, hielt er ihr die Tür des gelben Wagens auf und stieg hinter ihr ein.

»Es tut mir leid«, setzte er an, als das Auto die 7th Avenue hinauffuhr. »Dass ich eben so … ich hab wahrscheinlich überreagiert.«

Wahrscheinlich?

Trotzdem sah Amy ihn überrascht an.

Das war vermutlich die erste Entschuldigung, die sie jemals von einem männlichen Wesen für so ein Verhalten bekommen hatte.

»Schon okay. Aber was war denn plötzlich mit dir los? Hab ich irgendetwas falsch gemacht?«

Betretenes Schweigen.

»Wenn du mir nicht sagst, was es ist, dann kann ich es auch nicht ändern.« Sie sah ihn prüfend an und versuchte in seinen Zügen zu lesen. Aber er starrte nur den Hinterkopf des Taxifahrers an.

»Kathy arbeitet wirklich in einem Tattoo-Studio?«, fragte er.

Seufzend ließ Amy ihn mit dem Themenwechsel davonkommen. Fürs Erste. »Wieso nicht?«, fragte sie zurück.

Er zuckte mit den Schultern. »Sie sieht überhaupt nicht so aus …«

Von dem grundlos wütenden Ryan, den sie noch vor ein paar Minuten zu Gesicht bekommen hatte, war nicht mehr das Geringste übrig.

Deshalb verkniff sie sich den Kommentar, dass er in seiner löchrigen Jeans und Lederjacke auch nicht gerade so aussah, als ob er in einem Club wie dem Black Velvet auftreten könnte.

Stattdessen zog sie Otis dichter an sich und hoffte, dass Beatrice durchhielt, bis sie bei ihr waren.

* * *

Es roch nach Desinfektionsmittel und … Krankheit. Amy blieb vor der Zimmernummer stehen, die man ihr am

Empfang genannt hatte und starrte auf das weiß lackierte Holz.

Das Herz klopfte ihr bis in den Hals hinauf. Ryan stand neben ihr und hatte seine Hände zu Fäusten geballt. Sein Gesicht war in etwa so bleich wie zuletzt vor seinem Auftritt.

»Alles in Ordnung?«, fragte Amy ihn. Aber er starrte nur geradeaus.

Ihr war klar, dass es keine andere Möglichkeit gab, Genaueres zu erfahren, als die Tür endlich zu öffnen und nachzusehen. Aber trotzdem wollte sich ihre Hand einfach nicht heben.

»Ich weiß es nicht«, kam Ryans verspätete Antwort. Seine Stimme war heiser und er räusperte sich. »Du hast doch eben gefragt, ob sie mir viel bedeutet …«

Amy hätte nicht gedacht, dass er darauf zurückkommen würde. Deshalb sah sie ihn aufmerksam an.

»Ich hab nicht geantwortet, weil ich es nicht weiß.« Seine Schultern sackten nach unten. »Sie hat mir einmal sehr viel bedeutet, aber das ist lange her und dann … ich hätte nicht gedacht, sie überhaupt noch einmal wiederzusehen. Als dann ihr Brief kam … es gibt so viele Dinge, die ich sie gerne noch fragen würde. Jetzt so kurz vor diesen Antworten zu stehen und diese Gelegenheit vielleicht sofort wieder zu verlieren …«

Amys Hand fand ihren Weg in seine und er zog sie nicht weg.

Sie versuchte ein Lächeln, obwohl sie sich selbst überhaupt nicht danach fühlte. »Es wird schon alles gut.« Und damit versuchte sie, sich selbst mindestens genauso zu überzeugen wie Ryan.

»Was, wenn sie mich nicht sehen will? Ich hab so lange gewartet. Ich hab sie vermisst, sie zum Teufel gewünscht und alles dazwischen. Was, wenn sie gar nicht mehr mit mir sprechen will?«

Amy drückte seine Hand. »Immerhin hat sie den Kontakt zu dir gesucht, oder?« Sie sah, wie er schluckte und drückte seine Hand fester. »Ganz egal was hinter dieser Türe ist, wir werden es nur herausfinden, wenn wir sie öffnen.« Damit legte sie die Hand auf die Klinke und drückte sie nach unten.

Sie wusste nicht genau, was sie erwartet hatte, aber auf diesen Anblick war sie nicht vorbereitet. Ihre Lunge schien sich mit einer schleimigen Flüssigkeit zu füllen, Amy bekam keine Luft.

Da lag eine alte Frau mit geschlossenen Lidern und geöffnetem Mund im Krankenhausbett. Amy hätte ihre Freundin fast nicht wiedererkannt, jetzt wurde ihr schlecht.

Beatrice war kalkweiß im Gesicht, die Wangen eingefallen. Das graue Haar, sonst zu einer akkuraten Frisur hochgesteckt, war durcheinander und fettig. Lauter Schläuche und Maschinen waren an sie angeschlossen. Man hatte einen dicken Verband um ihren Kopf gewickelt und den rechten Arm in Gips gelegt.

Als die Türe aufging, reagierte Beatrice nicht und Amy starrte auf den zahnlosen, weit geöffneten Mund. Das machte ihr mehr Angst, als der Gips, der Verband und die Schläuche zusammen.

Diesmal war es Ryan, der ihre Hand drückte. Aber das konnte das kalte, schleimige Ziehen in ihrer Brust und die Übelkeit nicht vertreiben. Sie waren zu spät gekommen.

Der reglose Körper lag schlaff und eingesunken da.

Vielleicht, wenn sie schneller gewesen wären, wenn sie Otis nicht abgesetzt hätten, wenn sie nicht so lange vor der Tür gestanden hätten …

Amy starrte auf den Brustkorb des starren Körpers und hätte alles gegeben für ein Lebenszeichen, eine Bewegung, irgendetwas.

Aber sie rührte sich nicht.

Amy hatte immer noch Schwierigkeiten zu atmen. Ihre Knie waren weich und ihre Hände zitterten.

Die Frau, die ihr vor über sechs Jahren selbst ein neues Leben geschenkt hatte, durfte nicht einfach tot sein. Nicht jetzt, nicht so, nicht völlig allein.

Ryan trat an das Bett heran und zog Amy mit sich.

In ihr wehrte sich alles dagegen, näher an den Leichnam heranzutreten. Sie starrte auf die geschlossenen Lider, den weit geöffneten Mund und die eingefallenen Lippen. Ihr Gebiss stand in einem Glas auf dem Nachttisch und lachte sie hämisch an.

Du bist zu spät Amy, viel zu spät. Hättest du besser direkt die Krankenhäuser angerufen, als die Mailbox drangegangen ist.

Aber mit so etwas hatte sie doch im Leben nicht gerechnet.

Ein heißer Tropfen lief über ihre Wange und fiel auf ihr Handgelenk, ein weiterer hing störrisch an ihrem Kinn und wollte sich nicht lösen.

Sie streckte ihre Hand aus und legte sie auf den knochigen Arm, der nicht in Gips lag. Die Haut war dünn wie Papier und … kalt. Amy schluchzte auf. Es war vorbei. Beatrice war tot und es gab nichts auf dieser Welt, was das ändern würde. Sie war tot und Amy war wieder allein.

Die einzige Konstante in ihrem Leben, das Licht, alles was gut war … erloschen.

Ryan legte seinen Arm um ihre Schulter und ganz entfernt vibrierte die vage Möglichkeit, dass sie vielleicht doch nicht völlig alleine war.

Ein raspelndes Keuchen ertönte. Leichen konnten Geräusche machen, das wusste sie. Amy erschrak so heftig, dass sie fast einen Satz gemacht hätte. Sämtliche Nackenhaare stellten sich auf und eine eiskalte Gänsehaut zog sich ihren gesamten Rücken hinunter. Ein Husten und die alte Dame öffnete die Augen.

»Na, na, du siehst ja fast aus, als wäre jemand gestorben.« Beatrice' Stimme klang wie ein Reibeisen und durch das fehlende Gebiss wurden die Konsonanten plattgedrückt. »Was muss man tun, um in diesem Krankenhaus etwas Wasser zu bekommen?« Sie blickte sich um und Ryan war schneller. Er reichte ihr ein frisches Glas von ihrem Nachttisch und als Beatrice getrunken hatte, brauchte sie eine Weile, um mit einer Hand ihr Gebiss wieder einzusetzen.

Als sie fertig war, versuchte Beatrice ein aufmunterndes Lächeln. »So leicht bin ich nicht unterzukriegen. Das müsstest du doch wissen.«

Amy wischte sich noch einmal über das Gesicht. »Ich hab nur gedacht … weil du dich in den letzten Tagen gar nicht gemeldet hast …«

»Ich war ein wenig außer Gefecht …« Sie holte tief Luft. Das Sprechen fiel ihr offensichtlich etwas schwerer, als sie zugeben wollte. »Und du bist …«

»Ryan.« Er streckte ihr den Arm entgegen und Beatrice schaffte es mit Mühe, die gesunde Hand leicht anzuheben.

Amy hätte nur zu gern gewusst, was gerade in seinem Kopf vorging.

***

Sie war dünn und ausgemergelt und hatte nichts mehr mit dem lustigen, lebensfrohen Menschen gemeinsam, an den Ryan sich erinnerte.

Die Haut ihrer Finger war so weich und dünn, dass er befürchtete, sie zu zerreißen.

In seinem Kopf war er dieses Treffen unendlich oft durchgegangen, in allen möglichen Variationen. Manchmal hatte er sie beschimpft oder sie hatte sich entschuldigt, in anderen Versionen hatte er ihr ganz sachlich erklärt, was ihr Verschwinden damals für ihn bedeutete oder sie waren sich einfach nur in die Arme gefallen und hatten geweint.

Es existierte sogar eine vollständige Rede – über *die Zeit ohne dich.*

Aber in all diesen Vorstellungen war sie gesund gewesen, dynamisch, hellwach und lebendig. Nicht eine davon kam der Realität nahe, die er jetzt vor sich sah.

Eine kranke, alte Frau, die er eben schon tot geglaubt hatte.

Und das Einzige, was er in diesem Augenblick wollte, war, dass ihm etwas einfiel – irgendetwas – um all die verlorenen Jahre zu überbrücken und den ganzen Schmerz, den die Trennung verursacht hatte, ungeschehen zu machen.

Aber ihm fiel nichts ein. Nicht eine Silbe, die er hätte sagen können.

Also schwieg er und war unendlich froh, als Amy das Wort ergriff.

Beatrice

Er sah nicht so aus, als würde er in naher Zukunft etwas sagen. Deshalb fasste Amy sich ein Herz. »Was ist denn überhaupt passiert?«, fragte sie besorgt und versuchte immer noch, die ganze Situation zu begreifen. »Und wie geht es deiner Schwester?«

»Oh, du wirst es nicht glauben. Aber ich bin ja selber schuld … es tut mir so leid«, sagte Beatrice und ihre Hand grub sich knisternd in die weiße Bettdecke.

Amy verstand kein Wort von dem, was Beatrice sagen wollte. Sie machte sich Sorgen, dass der Verband um den Kopf mehr Schaden bedeutete, als sie auf den ersten Blick vermutet hatte.

»Das war so eine dumme Idee. Ich habe nämlich gar keine Schwester. Ich … es tut mir ehrlich leid.« Sie wandte sich an Ryan. »Es hat alles damit angefangen, dass ich mich zur Ruhe setzen wollte. Und … ich hab schon so oft versucht, mit dir in Kontakt zu treten. Aber du hast nie auf meine Briefe geantwortet.« Sie fuhr sich mit zitternden Fingern durchs Haar, bevor sie fortfuhr.

»Ich hatte dich so lange nicht gesehen und überhaupt keine Ahnung, was für ein Mann aus dir geworden ist. Und so ein Laden, das ist ja auch keine Kleinigkeit. Ich wollte nicht, dass ich mich hinreißen lasse von alten Erinnerungen. Deshalb hab ich mir einen Test überlegt. Wirklich verrückt. Man sollte meinen, ich werde senil.«

Sie lachte über sich selbst, aber so langsam ergaben ihre Worte für Amy einen Sinn.

Beatrice fuhr fort. »Also hab ich mir eine gestürzte Schwester ausgedacht. Damit ich verschwinden und euch heimlich beobachten konnte. Ich war ganz gefesselt von meinem *tollen* Plan und bin gleich losgezogen, um Amy von unterwegs eine Nachricht zu schreiben, damit sie die bekommt, noch bevor sie den Laden öffnet.« Beatrice schlug die Augen nieder. »Kaum war die E-Mail unterwegs, hab ich mich gefragt, ob ich eigentlich noch alle Tassen im Schrank habe. Deshalb bin ich zurück zum Laden gegangen. Auch, weil ich in der Aufregung mein Portemonnaie vergessen hatte, aber vor allem, um die Sache wieder abzublasen.« Sie seufzte. »Doch Gott oder das Schicksal oder mein Karma oder wie du es auch nennen möchtest, haben mich sofort für diese dumme Idee bestraft. Irgendwo auf dem Weg bin ich gestolpert. Gestolpert! Ich! Das muss man sich mal vorstellen.«

Amy konnte es nicht fassen. Das war alles noch wesentlich absurder, als sie sich jemals hätte ausmalen können. »Wirst du denn wieder gesund?«, fragte Amy und hätte sich am liebsten die Zunge abgebissen. Konnte man so etwas einfach fragen?

Ihre Freundin lachte und begann zu husten. Sie trank noch einen kleinen Schluck aus ihrem Glas. »Ich denke doch.«

»Haben sie denn gesagt, was du hast?«, setzte sie nach.

»Ein Ödem oder so etwas? Kennst ja die Ärzte, werfen mit Fachbegriffen um sich. Ich hab wohl ziemlich Glück gehabt. Sie haben mich sogar in ein künstliches Koma gelegt. Deshalb wussten sie auch nicht, wen sie anrufen sollten. Und als ich aufgewacht bin, konnte ich mich erst nicht an die Geheimzahl von meinem Handy erinnern. Überhaupt hatte ich ein paar Lücken hier drin.« Sie legte die Finger an ihre Schläfe. »Ich hab das Gefühl, ich bin immer noch ein bisschen wirr im Kopf.«

Das konnte sie wohl laut sagen.

Aber Amy war einfach nur froh, dass es ihrer Freundin soweit gut ging. Erfundene Schwestern und merkwürdige Wettbewerbe hin oder her. »Jetzt bist du aber wieder in Ordnung?«, fragte sie.

»Fast wieder auf dem Damm.«

Amy konnte richtig spüren, wie sich ein riesiges Gewicht von ihrer Brust hob und einfach in Luft auflöste.

»Allerdings werde ich wohl noch eine Weile hierbleiben müssen. Es wäre nett, wenn du mir ein paar Sachen bringen könntest.«

»Sicher.«

Beatrice schüttelte den Kopf. »Da ist mir das, was ich meiner fiktiven Schwester angedichtet habe, selber zugestoßen. Aber das geschieht mir nur recht. Mir so einen Unsinn auszudenken.« Sie sah Ryan fest an. »Es tut mir leid. Ich hätte dir gegenübertreten sollen, über all die Dinge sprechen müssen, die so lange ungesagt geblieben sind.«

Amy war überrascht, als Ryan tatsächlich antwortete. »Wenn du dir so unsicher warst, was dich erwartet, warum hast du mich dann überhaupt herbestellt? Wieso hast du den Laden nicht einfach Amy vermacht und Ende? Das wäre doch wesentlich einfacher gewesen, als so einen Aufstand zu veranstalten.«

Vielleicht keine ganz unberechtigte Frage.

Beatrice sah ihn aus großen Augen an. »Ich hab dich vermisst, natürlich. Was denkst du denn?«

Ryan schluckte. Alles in ihm schien sich gegen diese Antwort zu wehren. »Und das soll ich dir glauben? Wieso bist du dann überhaupt verschwunden?«

»Denkst du, ich hab den Kontakt damals freiwillig abgebrochen? Was meinst du, warum ich dir all die Briefe geschickt habe, sobald ich wusste, wo ihr wart … die Karten, die Päckchen?«

»Welche Briefe?«

Ganz langsam ergab sich für Amy ein Bild, von dem, was wahrscheinlich vorgefallen war. Ein Missverständnis. Wie grausam. Wie viel verschwendete Zeit. Und wofür?

»Was meinst du mit: *welche Briefe*?« Beatrice starrte ihn ungläubig an. »Am Anfang, nachdem ... nachdem dein Vater gestorben war, hab ich dir jeden Monat geschrieben. Ich hab mir erst nichts dabei gedacht, dass du nicht geantwortet hast, schließlich warst du erst acht und die ganze Situation nicht gerade ... entspannt. Aber nach etwa einem Jahr kamen die Briefe dann immer wieder ungeöffnet zurück. Ich hab natürlich vermutet, dass deine Mutter dahinter steckt, aber ich habe trotzdem weiter gemacht, zu Weihnachten, zum Geburtstag, zu Thanksgiving. Irgendwann kamen die Briefe dann nicht mehr zurück. Ich hatte gehofft, sie wäre weich geworden und dass du sie wenigstens lesen würdest.«

»Ich habe kein einziges Mal Post von dir bekommen.« Bitterkeit schwang in seiner Stimme mit.

Ein gemurmelter Fluch kam über Beatrice' Lippen und Amy zuckte zusammen. So etwas kannte sie überhaupt nicht von ihrer Freundin.

»Dann solltest du vielleicht mal ein Wörtchen mit deiner Mutter reden.«

»Warum sollte sie die Briefe zurückhalten? Was hätte sie für einen Grund?« Er klang immer noch böse, aber Amy konnte die Zweifel sehen, die sich durch die winzigen Fältchen in seinen Augenwinkeln zeigten.

Beatrice seufzte und schüttelte den Kopf. »Das musst du sie schon selber fragen. Ich will überhaupt keinen neuen Streit anzetteln, dafür ist mir meine Lebenszeit zu schade. Was vergangen ist, ist vergangen. Ich denke nur, dass es Zeit wird, dass du dir meine Version der Geschichte anhörst.«

Ryan verschränkte die Arme vor der Brust und Amy fühlte sich plötzlich völlig fehl am Platz. Sollte sie nach draußen gehen?

»Ich ... ich kann euch gerne alleine lassen«, sagte sie.

»Bleib ruhig da«, sagte Beatrice. »Ich hab nichts zu verbergen. Wenn mich diese Sache eines mal wieder gelehrt hat, dann dass es wichtig ist, die Dinge beim Namen zu nennen. In meinem Alter sollte ich das eigentlich schon lange wissen.«

Amy warf einen prüfenden Blick zu Ryan, aber der nickte – wenn auch nur ganz leicht.

Beatrice legte ihren Kopf nach hinten in das Kissen und schloss kurz die Augen. Das Ganze schien sie doch sehr anzustrengen.

Die alte Dame seufzte und begann mit langsamen Worten wieder zu sprechen. »Als dein Vater geheiratet hat, spätestens aber nach deiner Geburt musste ich täglich wie auf Eierschalen laufen. Jedes zweite Wort, das aus meinem Mund kam, war grundsätzlich falsch. Das wurde mit der Zeit immer schlimmer. Deshalb hab ich mich irgendwann zurückgezogen und mich auf die Wochenenden beschränkt. Nicht, weil ich dich nicht mehr sehen *wollte*, sondern aus Angst, dass ich dich sonst irgendwann gar nicht mehr sehen *durfte*.« Sie machte eine Pause und griff nach dem Wasserglas.

Amy sah, wie Ryans Faust sich öffnete und schloss. Scheinbar versuchte er herauszufinden, ob er ihren Worten glauben konnte.

Beatrice stellte das Glas wieder ab. »Das ist der einzige Grund, weshalb ich dich nur noch gelegentlich an den Wochenenden besucht habe. Ich wollte mich nicht aufdrängen und ich wollte nicht riskieren, dass sie mich ganz aus deinem Leben ausschließt. Oh, du warst so ein goldiger kleiner Junge.« Ihre Stimme war heiser, aber ein Lächeln huschte über ihr Gesicht und brachte ein klein wenig Farbe zurück auf ihre Wangen. Es dauerte nur einen halben Atemzug, dann wurde ihr Blick wieder von den Schatten der Vergangenheit verdunkelt. Und Amys Brust zog sich zusammen, bei all der Last, die auf Beatrice zu ruhen schien.

»Als dein Vater gestorben ist, wusste ich, dass ich schnell handeln muss. Aber sie hat nicht einmal die Beerdigung abgewartet. Sie hat dich ohne ein Wort gepackt und ist zu ihren Eltern gezogen. Zumindest weiß ich das heute. Damals habe ich lange versucht, euch zu finden. Aber selbst, als ich dann wusste, wo ihr sein musstet, hat sie sich immer verleugnen lassen.« Sie räusperte sich, doch ihre Stimme blieb heiser. »Irgendwann wurden meine Anrufe gar nicht mehr entgegengenommen. Es war schrecklich.« Ihre Augen glänzten feucht. »Ich hab an einem einzigen Tag nicht nur meinen Sohn, sondern auch meinen Enkel verloren.« Eine salzige Spur glitzerte auf ihrer Wange. »Ich weiß nicht, was ich damals ohne meinen Hugo gemacht hätte.«

Und auch der war mittlerweile gestorben.

Amy konnte die Trauer und die Einsamkeit, die in Beatrice' Worten mitschwang nur erahnen und fühlte sich trotzdem, als würde sie fast ersticken.

Flucht

Ryan konnte es einfach nicht glauben. War das möglich? War seine Großmutter damals gar nicht fortgegangen? Hatte sie ihn *nicht* im Stich gelassen, als die Zeiten so schwer für ihn und seine Mutter geworden waren?

Er musste einfach etwas sagen, irgendetwas … aber seine Stimme brach dabei. »Meine Mutter hat gelitten. Jeden Tag hat sie geweint. Stundenlang.« Ein hilfloser Versuch, das, woran er so lange geglaubt hatte, am Leben zu erhalten. Denn mit der Wahrheit – wenn sie die Wahrheit sprach – zerbrach für ihn nicht nur ein Stück der Vergangenheit, sondern auch das Bild seiner Mutter.

»Das glaube ich dir. Aber das ändert nichts an der Tatsache, dass sie mich ausgeschlossen hat. Glaub mir, ich hätte euch gerne beigestanden. Immerhin wart ihr das letzte Stück, das mir von meinem Jungen noch geblieben ist. Ihr wart meine Familie.«

»Das wusste ich nicht.« Und ein Teil von ihm wollte es immer noch nicht wahrhaben. Das bedeutete so viel überflüssigen Schmerz. So viel mehr Verlust, der gar nicht notwendig gewesen wäre.

Sein Herz wurde so schwer, dass es aus schwarzem Blei gegossen schien und drohte, seinen ganzen Körper mit sich in die Tiefe zu reißen. Das alles hätte nicht sein müssen. All diese Leere, und für was?

Für nichts.

Zum ersten Mal zog er ernsthaft in Betracht, dass auch seine Mutter einen Anteil der Geschichte haben könnte. Er würde mit ihr sprechen müssen. Immerhin wäre es nicht nötig gewesen, ihre Abneigung gegen Beatrice auf ihn zu übertragen.

Hatten Kinder nicht ein Recht auf ihre Großeltern?

Er hätte damals jemanden gebrauchen können, der für ihn da war, während seine Mutter sich in ihrem alten Kinderzimmer einschloss. Natürlich gab es noch seine Gran. Aber die war hauptsächlich damit beschäftigt gewesen, ihre Tochter wieder aufzurichten.

Er hatte sich so oft gewünscht, von seiner Großmutter zu hören. Und jetzt sagte sie, dass sie es immer wieder versucht hatte? Das war einfach zu gut und gleichzeitig zu schrecklich, um wahr zu sein.

Amy streckte ihre Hand nach ihm aus. Aber das wollte er nicht – nicht jetzt. Nicht, wenn er sowieso schon keine Ahnung hatte, was er fühlen sollte. Er schob die Hände unter die Achseln und versuchte, einen Weg durch das Dickicht in seinem Kopf zu finden. Was war echt und was war nur Wunschdenken?

Konnte er dieser Frau, die ihn mit einem Erbe, einem Wettbewerb und einer falschen Schwester geködert hatte, wirklich glauben?

* * *

Amy wusste nicht, was sie mit seiner Reaktion anfangen sollte. Wieso zog er sich zurück? Sie hatte das Gefühl, sie stand wieder mit dem merkwürdigen Ryan in einem Zimmer, mit dem, den sie heute Morgen zum ersten Mal getroffen hatte. Mit dem Kerl, der bei Pfefferminzschokolade völlig austickte. Und dieser Mann wirkte unglaublich weit entfernt.

Wo kam das her?

Warum blockte er ab?

Und wieso tat er sich so schwer, Beatrice zu glauben? Sie hatte doch alles erklärt.

Vielleicht war es an der Zeit, ein wenig die Schwere aus der Unterhaltung zu nehmen und von etwas Leichterem zu sprechen. Das ungewöhnlich warme Wetter zum Beispiel, den Beginn der Footballsaison, die neue Bücherlieferung, die für Montag anstand. Irgendetwas.

Aber Beatrice kam ihr zuvor. »Wenigstens habt ihr beiden euch trotzdem verstanden, oder? Ich hoffe, mein verrückter kleiner Wettbewerb hat euch nicht zu viel Kopfschmerzen bereitet.«

Weil Ryan schwieg, ergriff Amy die Initiative. »Am Anfang haben wir uns schon ein bisschen schwergetan. Aber dann haben wir uns ziemlich gut zusammengerauft. Und ich denke, wir sind zu einem Ergebnis gekommen.«

Er sah sie verwundert an. Um ehrlich zu sein, war sie selbst überrascht. Aber wenn man die Sache objektiv betrachtete, dann gab es eigentlich keine andere, sinnvolle Möglichkeit.

»Ryan weiß es noch nicht, das heißt, er muss erst noch zustimmen. Aber ich denke, dass dein Wettbewerb am Ende vielleicht gar nicht so ganz verrückt war und wir einen Kompromiss finden können. Seine Idee hat nämlich richtig gute Ansätze. Der Teil mit dem Café ist auf jeden Fall hervorragend angekommen. Misses Lewis hat sogar ihren Schwiegervater mitgebracht und sicher ein paar Stunden bei uns verbracht. Auch die Sache mit dem Klavier scheint den Leuten zu gefallen. Wenn wir noch ein Abendprogramm …«

»Café?«, fiel ihr Beatrice ins Wort. »Klavier?« Ihre Augen hatten sich bei jedem Wort noch mehr geweitet und sämtliche Farbe war aus ihrem Gesicht gewichen.

»Vielleicht sollte ich von vorne anfangen.« Amy lächelte verlegen. Sie war so aufgeregt. Schließlich war ihr Entschluss noch nicht alt und sie wollte alles richtig machen.

Es fühlte sich schon ein bisschen an wie aufwärts fallen. Auf der einen Seite war es schrecklich, als würde sie ihren eigenen Traum aufgeben. Aber auf der anderen

Seite stimmte das ja gar nicht, sie hatte ihn nur angepasst – modernisiert sozusagen.

Und das Ergebnis waren Millionen Ameisen, die durch ihre Brust kribbelten, hinauf in ihren Hals wanderten und bis hinunter in die Zehen. »Ryan hatte vorgeschlagen, dass wir aus dem Buchladen eine Piano-Bar machen. Nicht so eine abgerockte Kneipe, an die ich zuerst gedacht habe, sondern etwas Stylisches wie das Black Velvet, wenn dir das etwas sagt. Er hat nämlich eine Band, weißt du, sie spielen so eine Art Klassik, aber auch nicht ganz. Auf jeden Fall wollte er die dort unterbringen. Und um mich zu überzeugen, dass das vielleicht gar nicht so eine schlechte Idee ist, haben wir angefangen, Kaffee auszuschenken. Du glaubst es nicht, *ich* trinke jetzt tatsächlich *gerne* Kaffee. Aber nicht mehr den aus den Tütchen …«

Beatrice hob ihre Hand in einer Geste, die Amy innehalten ließ.

»Nein.« Frisches Eis lag auf ihrer Stimme.

Obwohl Beatrice dabei sehr leise sprach und von dem vielen Reden ziemlich heiser war, konnte Amy die unumstößliche Endgültigkeit in dieser einen Silbe hören.

»Nein?«, wiederholte sie und verstand gar nichts mehr. Sie hatte doch noch gar nicht zu Ende gesprochen.

»Es ist ein Buchladen.«

»Was, aber ich dachte …« Amy wusste nicht, was sie davon halten sollte. Sie war völlig perplex, mit so einer Reaktion hatte sie nicht gerechnet. Der Wettbewerb war doch ihre Idee gewesen, auch wenn sie die im Nachhinein lächerlich fand. »Du hast doch gesagt, wir sollten unsere eigene Vision für den Laden vorstellen und den anderen überzeugen.«

Ja, Amy hatte erwartet, dass Beatrice skeptisch sein würde, aber nicht so … rigoros.

»Eure Version von einem *Buchladen.* Mein Hugo und ich haben unser Geschäft vor über vierzig Jahren eröffnet. Wir haben unser ganzes Leben lang daran gearbeitet, ihn aufzubauen. Er ist unser Lebenswerk und ich werde nicht zulassen, dass ihn irgendjemand zerstört und eine Kneipe oder Bar oder sonst irgendetwas daraus macht. Mein Buchladen bleibt ein Buchladen und wenn das bedeutet, dass ich ihn an jemand Fremden verkaufen muss, dann nehme ich das eher in Kauf, als dass ich zulasse, dass ihr ihn verschandelt.« Ihr faltiger Mund war ein harter, kaum sichtbarer Strich.

»Tha!«, lachte Ryan und klang bitter. »Das ist doch alles ein schlechter Scherz.«

Amy sah ihn überrascht an und schnappte einen wütend funkelnden Blick auf, der an sie gerichtet war.

An mich?

Wenn sie eben schon verwirrt gewesen war, dann verstand sie jetzt die Welt nicht mehr.

Müsste er nicht dankbar sein?

Gut, sie wollte immer noch keine vollwertige Piano-Bar aus dem Laden machen, aber immerhin war sie bereit zu einem Kompromiss. Wieso war er dann wütend? Und warum reagierte er so heftig?

Doch sie hatte keine Zeit, weiter darüber zu rätseln, geschweige denn nachzuhaken, denn im Augenblick konzentrierte sich sein kompletter Zorn auf Beatrice. »Du wolltest mich wiedersehen? Du wolltest zerbrochene Beziehungen reparieren? Und dann willst du nicht einmal zuhören?« Er schüttelte den Kopf. »Das ist doch alles blanker Unsinn. Du wolltest die Erlaubnis, um mit dem Buchladen machen zu können, was immer dir einfällt. Aber das hättest du einfacher haben können. Du hättest mich besser vergessen, statt alte Wunden neu aufzureißen. Dann wären wir alle glücklicher gewesen.« Er fuhr sich mit beiden Händen durchs Haar. »Meine Mutter hatte recht, was dich betrifft. Du bist herzlos und stur und nicht in der Lage, dich in andere Menschen hineinzuversetzen«, sagte Ryan. Ohne ein weiteres Wort drehte er sich um und verschwand aus der Tür.

Amy starrte ihm hinterher und hatte keine Ahnung, was sie mit dieser Reaktion anfangen sollte.

***

Er rannte fast die Treppe hinunter. Das hatte alles keinen Sinn.

Eigentlich war ihm das von Anfang an klar gewesen. Sein Traum von einer eigenen Bar – und dann auch noch mitten in New York – erfüllt? Zu gut, um wahr zu sein. Viel zu gut.

Eine Versöhnung mit seiner Großmutter? Auch das stand eigentlich vom ersten Moment an außer Frage. Wieso hatte er sich nur darauf eingelassen tatsächlich darauf zu hoffen?

Amy war schuld. Sie hatte von einer verständnisvollen und einfühlsamen Frau gesprochen. Und wer weiß, vielleicht war Beatrice Benson das auch. Allerdings nur für Menschen, die nicht zu ihrer Familie gehörten.

Das Schlimmste an der Sache? Sein größter Alptraum war Wirklichkeit geworden. Amy hatte sich in eine zweite Mildrith verwandelt. Anders war ihr Verhalten nicht zu erklären.

Er stieß die Tür nach draußen auf und sog die Luft ein.

Aber es half nichts. Seine Brust war eng, sein Magen schwer und die Einsicht absolut überdeutlich.

Sie hatte ihren eigenen Traum für seinen aufgegeben, einfach so.

Von jetzt auf gleich war sie bereit, ihm den Laden zu überlassen. Und das trotz der Art, wie sie noch vor wenigen Tagen den Buchladen verteidigt hatte.

Nein, das war nicht mehr normal. Das hatte nichts mit rationalem Denken zu tun oder mit Zuneigung. Das war die Handschrift einer echten Mildrith und das konnte er nicht ertragen. Er wusste, wie das endete.

Er musste von ihr weg, von dem Buchladen und raus aus New York. So schnell wie möglich. Zumindest, wenn er nicht wie die Motte im Feuer verbrennen wollte.

Sein Herz raste noch schneller als seine Füße, hallte lauter als seine Schritte auf dem dunklen Stein des Bürgersteigs.

Er lachte.

Aber es war ein bitteres Lachen. Denn Beatrice machte ihm diese Entscheidung so unendlich viel einfacher. Seine Idee, seine Vision, sein Kindheitstraum hatte niemals eine Chance gehabt.

Der Buchladen würde ein Buchladen bleiben, so hatte sie es doch ausgedrückt. Und deshalb tat er das Einzige, was er noch tun konnte. Das Einzige, mit dem er zurückschlagen konnte. Er lief davon.

Sollte sie doch sehen, wie sich das anfühlte, wenn man nicht einmal die Gelegenheit dazu bekam, sich auch nur zu verabschieden oder ein Wort zu erwidern.

Falls es sie ehrlich störte. Falls diese ganze Gefühlsduselei nicht doch nur ein schlechter Witz gewesen war. Ein Scherz auf seine Kosten.

Pläne

»Was machst du denn hier?«, fragte Mona, die gerade auf dem Bett saß und mit schwarzem Glitzerlack ihre Fußnägel lackierte.

»Wir reisen ab.«

»Ach, tun wir das?« Sie hob überrascht die Brauen.

Er stellte seinen Koffer ab und pfefferte den Rucksack in die Ecke. »Ja, das tun wir. Wo ist Chris?«

»Junkfood besorgen?«

»Wir fahren los, sobald er wieder da ist.«

»Sag mal, was ist denn in dich gefahren?«

»Mildrith ist los.«

Jetzt wurden ihre Augen groß und sie hörte auf mit dem Pinsel ihren kleinen Zeh zu verschönern. »Wie meinst du das?«

»Amy natürlich. Sie ist komplett übergeschnappt, will den Laden für mich aufgeben, schenkt mir Pfefferminzschokolade und meine Großmutter … von der will ich gar nicht erst anfangen.«

»Jetzt mal langsam und von vorne bitte.«

Er fuhr sich mit beiden Händen durchs Haare und tigerte auf und ab, während er ihr die ganze Geschichte erzählte.

Mona hatte ihren Nagellack geschlossen und hörte ihm aufmerksam zu. Als er endete, blieb er mitten im Zimmer stehen und sah sie auffordernd an. »Du siehst also, wenn ich meine Vergangenheit nicht wiederholen möchte, dann bleibt mir gar keine andere Möglichkeit. Wir warten noch auf Chris, dann packen wir unsere Sachen und fahren nach Hause.«

»Tun wir nicht«, sagte Mona in einem fast beiläufigen Ton und öffnete wieder die kleine schwarze Flasche mit dem Glitzerlack.

Ryans Mund klappte auf. »Wie bitte? Hast du mir eigentlich zugehört?«

Sie nickte. »Natürlich habe ich das. Und ich erkenne ganz eindeutig, dass hier ein gewisser Jemand vollkommen und offensichtlich überreagiert.« Sie blickte auf. »Falls ich noch deutlicher werden muss. Ich meine damit dich.« Sie stach mit dem kleinen Pinsel in seiner Richtung in die Luft.

»Das kann wohl nicht dein Ernst sein. So ein …«

Mona fiel ihm ins Wort. »Du brauchst gar nicht erst anzufangen, dich zu wehren. Mildrith war eine Ausnahme. Nur, weil die gute Frau einen gigantischen Sprung in der Schüssel hatte, muss nicht gleich jedes Mädchen, das dir über den Weg läuft und dich gern hat, auch ein Psychopath sein. Also reiß dich mal ein bisschen am Riemen.«

Ryan fühlte sich so vor den Kopf gestoßen, dass er keine Ahnung hatte, was er antworten sollte. Am liebsten hätte er sie einfach nur geschüttelt. Sie konnte unmöglich so blind sein. Das stank doch alles zum Himmel.

Mona hatte sich indessen wieder ihren Zehen zugewandt. »Außerdem,«, fuhr sie fort, »Wir haben einen Vertrag, und wenn du nicht den Ruf unserer Band aufs Spiel setzen möchtest, dann werden wir den zweiten Auftritt auch noch hinter uns bringen. Und du wirst das beste Spiel deines Lebens abliefern, damit jedem im Raum die Kinnlade auf Grundeis geht, und sie uns am liebsten auch sofort buchen möchten. *Mir* gefällt die Stadt nämlich und ich habe vor, hier noch den einen oder anderen Auftritt hinzulegen. Also wag es ja nicht, mir das zu verderben«

Ryan war sprachlos.

Aber leider hatte sie recht. Natürlich konnten sie nicht einfach so verschwinden. Schon allein, weil sie einen Vertrag unterschrieben hatten. Aber erst recht nicht, weil Brad ihm mit den Papieren für das Café geholfen hatte.

Café – pha!

In dem Augenblick ging die Tür auf und Chris kam mit zwei riesigen Papiertüten herein. Ryan fuhr erschrocken herum und funkelte ihn wütend an, obwohl sein Freund natürlich keine Ahnung hatte, worum es überhaupt ging.

»Was?«, fragte Chris und wäre fast wieder rückwärts nach draußen gegangen. »Hab ich was verpasst?«

* * *

Das FreeStyleStudio war ein winziger Laden in der Bleeker Street, nicht weit vom Buchladen entfernt.

Blassgelbe Wände, knallrote Stühle, große, blank polierte Spiegel und Poster mit gigantischen Tribal-Mustern. Kathy trug die Haare offen, Hotpens und ein grünblaues Spaghettiträgertop das freie Sicht auf die verschnörkelten Tattoos ihrer Schultern und Armen bot. Ryan hatte recht gehabt, die Kathy mit dem mausgrauen Kostüm, die immer zu den Buchclub-Abenden kam, passte hier eigentlich überhaupt nicht hin. Aber die bunte Kathy, mit Brille und Tattoos, die passte hierher wie die Faust aufs Auge.

Ryan.

Amy stieß die Türe auf und sofort jagte Otis in ihre Richtung, seine Pfoten glitten immer wieder auf dem blanken Boden weg und schließlich rutschte er das letzte Stück auf seinem Hinterteil gegen ihre Beine.

»Hi, Süßer, alles in Ordnung?« Sie streichelte seinen Kopf und ließ sich dann auf einen der gepolsterten Stühle fallen. Otis sprang sofort auf ihren Schoß.

Kathy verdrehte die Augen. »Hör bloß auf. Dein *Süßer* hat die ganze Zeit gejault und wollte zu Frauchen. Na ja, zumindest, bis er die *MyStyle* gefunden hat.«

Amy sah ihre Freundin fragend an. Die nickte zu dem Kissen unter dem Schreibtisch, auf dem ein Haufen zerfleddertes Papier verteilt lag. »Das war mal eine zusammengerollte Zeitschrift. Mit Betonung auf der Vergangenheitsform. Die Erdbeertorte auf dem Titelbild sah anscheinend zu lecker aus.«

Amy war nur halb begeistert. »Aber er hat doch nichts davon gefressen, oder?«

»Nein, Ma'am. Ich hab gut aufgepasst.«

»Bekommst du dafür keinen Ärger? Ich ersetz sie dir natürlich.«

»Vergiss es. Ich war nur einfach froh, dass er aufgehört hat zu heulen. Nächstes Mal weiß ich dann direkt wie der Hase läuft.«

»Vielleicht probieren wir es auch einfach mal mit einem Kauknochen oder so …«

»Schwamm drüber. Wie geht es Beatrice?«, fragte Kathy.

Amy kraulte Otis hinter den Ohren, der sich genussvoll ausstreckte. »Sie wird schon wieder …« Damit atmete sie tief durch, und erzählte ihrer Freundin die ganze Geschichte. Alles, angefangen beim ersten Kuss bis hin zu Ryans Verschwinden im Krankenhaus.

»Meine Güte, und das hab ich alles verpasst?«

Amy schwieg. Sie hatte mehr als einmal überlegt, Kathy anzurufen. Aber meistens war es mitten in der Nacht gewesen oder sie hatte sich selbst davon überzeugt, dass es ja eigentlich nichts zu erzählen gab.

»Du willst seine Idee also tatsächlich umsetzen?«, fragte Kathy ungläubig.

»Verrückt, oder?« Amy lachte verlegen.

»Mann, du musst ja ganz schön verliebt sein.« Ihre Freundin grinste.

Amy ignorierte das heftige Reißen in ihrer Brust, das ihr deutlich machte, wie wenig Ryan ihre Gefühle erwiderte. »Ich hab auch erst gedacht, dass es daran läge. Aber mir gefällt die Idee ehrlich immer besser. Schau dir doch nur unseren Buchclub an. Kennst du ein einziges Mitglied, das keinen Kaffee trinkt oder sich nicht gerne bei einem Stück Kuchen treffen würde?«

»Hey, *mich* brauchst du nicht zu überzeugen. Ich hätte nur nicht gedacht, dass *du* dem jemals zustimmen würdest.«

»Ich denke, es wird einfach Zeit für ein bisschen Veränderung«, stellte Amy fest.

»Jetzt bin ich mir sicher, dass meine Freundin von Außerirdischen entführt worden ist. Sprich Fremder: Von welchem Planeten kommst du?«

»Sie glaubt uns nicht, Otis. Hast du das gehört?« Amy streichelte ihrem Freund zärtlich über den Kopf und der schloss genüsslich die Augen.

»Was sagt Ryan denn dazu? Hast du nach dem Krankenhaus noch mal mit ihm gesprochen?« Damit traf Kathy genau den wunden Punkt. Das Zerren in Amys Brust wurde heftiger und riss einen tiefen Spalt bis in ihren Magen hinein.

»Ich kann ihn nicht finden. Ich war schon im Laden, aber seine Sachen sind weg.« Selbst die Höllenmaschine war verschwunden.

»Er ist richtig abgehauen?«

Amy zuckte mit den Schultern. »Ich kann mir nicht vorstellen, dass er wiederkommt und ich weiß nicht, wo ich ihn suchen soll.« Selbst, wenn sie wollte, dass er wiederkam. Was natürlich nicht der Fall war.

Okay, vielleicht doch … irgendwie.

Der Spalt in ihrem Magen fing Feuer und brannte sich noch tiefer in ihr Fleisch.

»Das ist aber schon ein ziemlich merkwürdiges Verhalten.«

»Ich weiß auch nicht, was ich darüber denken soll. Ich hatte das Gefühl, als würde ich plötzlich mit einem ganz anderen Menschen sprechen. Genau wie heute Morgen und wie letztens im Park …«

Kathy legte den Kopf zur Seite. »Hatte er dabei nicht irgendeinen Namen erwähnt?«

»Meredith oder Mildrith oder etwas in der Richtung, ja. Aber ich hab Mona gefragt, er hat keine Freundin.«

»Und eine Ex? Vielleicht hat er ja schlechte Erfahrungen gemacht. Du hast doch auch ein paar Leichen im Keller.«

Ihre Brust wurde eng und sie wollte widersprechen. Denn schließlich wusste Kathy nur in Ansätzen, wovon sie da überhaupt sprach, aber im Endeffekt hatte sie wohl recht.

Amy hatte unglaublich lange gebraucht, um Ryan zu vertrauen. Und aus irgendeinem Grund lief es bei ihm genau umgekehrt. Je näher sie ihm kam, desto heftiger stieß er sie von sich weg. Er hatte seine eigene Vergangenheit, seine eigenen Hürden. Das sah sie ganz deutlich, wenn sie seine Beziehung mit Beatrice betrachtete.

Natürlich war das eine Möglichkeit.

Aber was, wenn ihm einfach nicht gefiel, was er unter ihrer Oberfläche gefunden hatte?

Oder vielleicht hatte er sich ja doch nur davon reizen lassen, dass Mona sie für lesbisch hielt?

Machte das alles überhaupt einen Unterschied?

Er hatte ihr niemals etwas versprochen.

Er hatte sie geküsst, sie hatten miteinander geschlafen, das war alles. Mehr gab es nicht. Ihr Herz schrumpelte zu einer Rosine zusammen.

Trotzdem fand sie die Idee mit dem Café immer noch gut. Und wenn sie ihn schon nicht ganz für sich haben konnte, dann würde sie zumindest genug Größe besitzen, um ihm deshalb nicht seinen Traum kaputt zu machen.

Sie würde noch einmal mit Beatrice sprechen. Immerhin hatte die vorhin gar nicht richtig zugehört. Amy würde ihr genau erklären, was Ryan eigentlich vorhatte, welchen Kompromiss sie sich selber vorstellen konnte und was das für Veränderungen mit sich brachte – Chancen und Risiken abwägen. Denn im Endeffekt würde es Beatrice' Lebenswerk ja gar nicht zerstören, sondern nur erweitern und noch eindrucksvoller gestalten.

»Ich muss noch mal ins Krankenhaus«, sagte Amy bestimmt.

»Oh nein«, stöhnte Kathy.

»Hast du noch eine *MyStyle* da?«

Kathy verdrehte die Augen. »Nur die allerneueste Ausgabe.«

»Ich bring dir auf dem Rückweg eine neue mit. Versprochen.«

»Du hast verdammtes Glück, dass ich dich so gern hab.«

»Du bist ein Schatz.« Sie warf ihrer Freundin eine Kusshand zu. »Und du, Süßer?« Sie setzte Otis auf den Boden. »Du frisst dich ein bisschen durch die Zeitschrift durch, okay? Aber nicht runterschlucken, bei den ganzen Kuchenrezepten wirst du mir sonst zu dick.«

Vorschlag

Das Black Velvet war an diesem Abend gut besucht. Aufmerksame Augenpaare glänzten im blassgoldenen Licht der indirekten Beleuchtung. Ryans Hände glitten über die Tasten. Aber er war nicht richtig hier.

Seine Gedanken kreisten immer wieder um die Ereignisse der vergangenen Tage, seine Großmutter und … Amy.

Dabei versuchte er ehrlich, sich auf sein Spiel zu konzentrieren, aber es wollte einfach nicht funktionieren.

Er wusste, dass er nicht im Entferntesten das beste Spiel seines Lebens ablieferte. Himmel, nicht einmal das beste Spiel dieser Woche – Proben eingeschlossen.

Er hatte auch schon mindestens drei böse Blicke von Mona geerntet und sogar Chris guckte ein wenig brummig drein.

Trotzdem wanderten seine Gedanken immer wieder zu diesem einen eiskalten Wort, mit dem Beatrice seine gesamten Zukunftsträume – die sie selbst erst geschürt hatte – zunichtemachte. Und dann driftete er unweigerlich weiter zu Amy … und Mildrith.

Härter als notwendig trieb er seine Finger in die Tasten und beendete das aktuelle Stück mit zu viel Kraft und zu wenig Hingabe.

Vereinzeltes Klatschen hallte durch den Raum und er ließ den Kopf sinken. Denn er wollte sich Monas Predigt nicht anhören, aber er konnte auch nicht die ganze Pause über sitzen bleiben.

Als er schließlich doch aufblickte, sah er Amy, die vor der Fensterfront stand.

Sein Puls setzte einen Schlag aus, um dann mit doppelter Geschwindigkeit wieder loszujagen.

Ihr kurzes blondes Haar schimmerte golden und der grüne Rock schmiegte sich in atemberaubenden Falten an ihre Kurven. Diesmal trug sie dazu ein weißes Top mit Spitze am Ausschnitt und die silberne Eule glitzerte auf ihrer samtweichen Haut.

Die Erinnerungen an den Morgen vibrierten unter der Oberfläche, trieben seinen Puls zu Höhenflügen an und rissen seinen Magen gleichzeitig in die Tiefe.

Sie war so wunderschön und doch so … falsch?

Sein Herz schlug so schnell in seiner Brust, dass ihm schlecht wurde. Energisch schob er all seine Gefühle beiseite, verschloss sein Herz und hielt die Luft an.

Warum war sie hier? Was wollte sie?

Lag Mona richtig? Hatte er überreagiert? Oder war das hier gerade der Beweis, dass er recht gehabt hatte?

Trotz seiner Zweifel zog es ihn mit aller Macht in ihre Richtung.

Er ließ die Luft aus seiner Brust entweichen und ging auf sie zu. Wenn sie schon hier war, dann konnten sie das auch gleich hinter sich bringen.

Als sie bemerkte, dass er auf sie zukam, nickte sie kaum merklich und trat auf den Balkon. Umso besser, wenn sie das hier ungestört hinter sich bringen konnten.

Seine Hand ruhte auf dem unscheinbaren Knauf und er schloss kurz die Augen, bevor er hinter ihr in die Kühle der Nachtluft trat.

***

Amy stützte sich auf das Geländer und sah in die Tiefe. Genauso fühlte sie sich im Augenblick: freischwebend über einem Abgrund, kurz vor dem Fall.

Er trat neben sie und sah geradeaus.

»Hi«, sagte er und räusperte sich.

»Hi«, antwortete sie.

Das fing ja schon einmal *hervorragend* an.

Sie faltete ein rotes Papier mit nervösen Fingern immer wieder auf und dann zusammen.

»Warum bist du weggelaufen?«, fragte Amy. Sie erwartete keine richtige Antwort, aber sie musste es wenigstens noch einmal versuchen. »Wir hätten doch über alles sprechen können.«

Er lachte bitter. »Ihre Entscheidung stand ja wohl eindeutig fest.«

»Anscheinend nicht.« Sie schaute auf, um seine Reaktion zu beobachten, aber sein Gesicht blieb ausdruckslos.

»Was soll das heißen?«

»Das heißt, dass ich mit ihr gesprochen habe. Ich habe ihr genau erklärt, was du dir vorstellst, was ich mir vorstelle und ihr berichtet, was wir schon erreicht haben. Am Ende war sie zwar noch nicht begeistert, aber sie ist gewillt, der Sache eine Chance zu geben.«

Ryan sah sie skeptisch an und sie wünschte sich, dass alles so sein könnte, wie in diesen wenigen Minuten am Morgen, als sie sich geöffnet und er sie einfach nur festgehalten hatte.

»Guck nicht so«, sagte Amy. »Sie ist auch nur ein Mensch, man kann vernünftig mit ihr reden. Indem du davonläufst, löst du ganz sicher keine Konflikte.« Und ja, jetzt sprach sie zum großen Teil auch von sich selbst. Wieder faltete sie das Papier zwischen ihren Fingern und sehnte sich so nach einer Antwort, einer Entschuldigung oder noch besser einer Erklärung.

»Andere Leute tun das auch.« Er meinte natürlich seine Großmutter, da war sich Amy ziemlich sicher.

»Du hast selbst gehört, dass Beatrice damals nicht einfach verschwunden ist«, warf sie ein. »Und selbst wenn doch. Dann müsstest du der Erste sein, der einsieht, dass so etwas völliger Schwachsinn ist. Dass es allen Beteiligten nur Schmerz bereitet.«

Seine Lippen waren schmal. »Woher kommt eigentlich dein plötzlicher Sinneswandel? Ich dachte *nur Bücher* reichen völlig und du bist so verdammt stolz auf deinen Buchladen.«

»Bin ich auch.« Sie nickte und versuchte, sich nicht verunsichern zu lassen. »Aber in den vergangenen Tagen habe ich gesehen, dass er auch noch viel mehr sein kann. Veränderung ist nicht immer schlecht.« Das hatte sie selbst erst lernen müssen. »Manchmal können zwei scheinbar völlig gegensätzliche Vorstellungen aufeinanderprallen und dabei etwas Neues entstehen lassen, etwas Einzigartiges, das viel besser ist als die ursprünglichen Einzelteile.« Sie holte Luft. »Außerdem habe ich gesehen, wie sehr dir die Musik am Herzen liegt, als ich letztes Mal hier war. Ich möchte deinem Traum nicht im Wege stehen, vor allem nicht, wenn er sich mit meinem verbinden lässt … und ich weiß auch, wie viel Beatrice dir bedeutet – obwohl du das nicht zugeben möchtest. Eure Beziehung soll nicht gleich wieder kaputtgehen, ihr habt euch doch gerade erst wiedergefunden.«

»Offensichtlich hat das nicht gerade lange gehalten.«

»Aber doch nur, weil ihr gar nicht richtig miteinander geredet habt.«

»Haben wir wohl.«

»Vielleicht über die Vergangenheit, aber nicht über jetzt und nicht über die Zukunft.«

Seine Augen waren schmal, aber wirkten doch irgendwie nachdenklich.

Amy vermutete, dass er Angst hatte. Angst, dass Beatrice ihn wieder von sich wegstoßen würde, so wie es in seiner Erinnerung schon einmal geschehen war. Deshalb war er vorher verschwunden.

Ihr tat nur weh, dass sie ihm offensichtlich nicht wichtig genug war, um vorher mit ihr darüber zu sprechen.

Denn zumindest von ihrer Seite war in der kurzen Zeit, die sie sich kannten, etwas entstanden. Mehr, als nur eine zufällige, körperliche Anziehung. Mehr als *einmal und nie wieder*. Aber mit dieser Ansicht stand sie scheinbar alleine da.

Trotzdem hätte er sich wenigstens verabschieden können, oder?

Aber egal, wie er sich verhalten hatte, egal, was er nun empfand oder nicht empfand und welche Geister der Vergangenheit ihn verfolgten. Sie konnte ihre Gefühle für ihn nicht verleugnen und sie wollte, dass er glücklich wurde. Auch wenn das bedeutete, dass sie niemals *Besitzer* des Buchladens sein würde.

Außerdem war seine Vision für den Laden unbestreitbar genial. Zumindest zum großen Teil.

Und wenn das bedeutete, für den Rest ihres Lebens neben ihm zu arbeiten, ohne mit ihm zusammen zu sein, dann war das auf alle Fälle besser als die Alternative – denn die bedeutete, ihn für immer zu verlieren.

Also nahm sie all ihren Mut zusammen und wartete nicht mehr länger auf eine Antwort von ihm.

»Beatrice ist bereit, ihr Versprechen zu halten und dir den Laden zu vererben. Aber es gibt ein paar Bedingungen.«

Er hob überrascht eine Augenbraue und verschränkte dann die Arme vor der Brust. »Und die wären?«

»Zum einen müsstest du mich einstellen.« Sie blickte zur Seite, weil sie sich vor seiner Reaktion fürchtete und fügte schnell hinzu. »Aber ich komm dir nicht in den Weg. Ich mache meinen Job, du machst deinen. Keine Verpflichtungen.« Ein Seitenblick offenbarte einen seltsamen Gesichtsausdruck. War er misstrauisch?

Sicher, das Angebot klang in seinen Ohren natürlich viel zu gut, um wahr zu sein. »Auf jeden Fall ergänzen wir den Buchladen durch ein vollwertiges Café. Denn das hat die Verkäufe angekurbelt und viel wichtiger, es gefällt den Kunden.«

Er unterbrach sie. »Ich möchte aber nicht für den Rest meines Lebens Kaffee kochen.«

Amy war verwirrt. Sie hätte gedacht, er würde ihr vor Freude um den Hals fallen. »Ich dachte, es hätte dir Spaß gemacht. Du hast doch selber gesagt, jeder Kaffee ist einzigartig, er verändert das Leben der Menschen … und so.«

Er nickte ernst. »Das habe ich auch so gemeint. Trotzdem … das was mich wirklich glücklich macht, ist meine Musik. Ich kann nicht ohne sie leben. Mein Traum ist es, mit Musik meinen Lebensunterhalt zu verdienen. Das kann ich nicht, wenn ich den ganzen Tag in einem Buchladen stehe und eine Kaffeemaschine bediene.«

»Und was, wenn du beides könntest?«

»Beides was?«

»Kaffee kochen und Musik machen.«

Er starrte sie verständnislos an. Amy kniff sich so unauffällig wie möglich in die weiche Haut zwischen Daumen und Zeigefinger. Wenn sie jetzt nicht die Initiative ergriff, dann gar nicht mehr. Sie hielt ihm den völlig zerknitterten, roten Flyer entgegen. Dutzende davon hatte sie eben noch verteilt, wenn er absagte, dann stünde sie morgen ganz schön bescheuert da.

Aber sie hatte das Gefühl, sie müsste erst ihr Vertrauen in ihn beweisen. Sie musste ihm zeigen, dass sie die ganze Sache ernst meinte. »Es würde mich freuen, wenn du kommen könntest.«

Endlich faltete er das Papier auseinander und las die Zeilen. Er sah sie kurz an und las ein zweites Mal. Amy hatte das Gefühl, es würde ewig dauern.

»Was ist das?«, fragte er.

»Ein Event.« Sie versuchte ein kleines Lächeln, das missglückte. »Wir wollen das jetzt regelmäßig machen. Mindestens einmal in der Woche, eher öfter. Das kommt drauf an …« Sie sah ihn erwartungsvoll an, während ihr glühende Hitze den Hals hinauf wanderte.

»Wir, das heißt …«

Sie nickte schnell. »Ja, Beatrice ist auch damit einverstanden.«

»Es bleibt trotzdem ein Buchladen?«

»Tagsüber. Aber wir haben schon eine Bestellung für Stühle aufgegeben und wenn wir die Bücherregale ein bisschen anders anordnen, dann können wir den Raum abends transformieren … zum genauen Aufbau bräuchten wir da noch ein paar Tipps von jemandem, der sich mit Musik und so auskennt.« Sie warf ihm einen vielsagenden Blick zu und ihr Herz schlug Purzelbäume, während sie auf eine Antwort wartete.

Ryan sah sie sehr lange und nachdenklich an.

»Ich müsste aber erst noch mit der Band sprechen«, sagte er. »So eine Entscheidung kann ich unmöglich alleine treffen.«

»Sicher.« Sie nickte und schaute zur Seite, um ihre Enttäuschung nicht zu zeigen. Was hatte sie auch erwartet? Natürlich konnte er nicht einfach im Namen der anderen sprechen. Aber was bedeutete das für ihn? Wie fand *er* die Idee?

»Und das ist dein Ernst?«, fragte er.

»Ich hab doch gesagt, es war eine geniale Idee von dir. Ich wäre selbst gerne darauf gekommen, aber ich war zu fixiert auf das Jetzt, auf Bücher, darauf das zu behalten, was ist, anstatt zu versuchen, eine noch bessere Zukunft zu schaffen und zu wachsen.«

Er sah wieder auf den Zettel, dann auf sie. Und Amy wünschte sich nichts sehnlicher, als dass er ihr sofort um den Hals fiel, ihr dankte und sie gemeinsam in eine glänzende Zukunft starten könnten. Aber das würde natürlich niemals passieren. Sie tat ihr Bestes, um gelassen zu bleiben.

»Du musst mir nicht sofort antworten. Ich bin morgen auf jeden Fall da. Und wenn ihr kommt. Gut. Wenn nicht …« Sie ließ den Satz lieber unbeendet.

Ryan nickte nachdenklich und studierte ein weiteres Mal den Zettel. »Ich muss jetzt wieder rein. Die Pause ist um.«

Amy kniff sich erneut in die weiche Stelle zwischen Daumen und Zeigefinger, um nicht zu zeigen, wie verzweifelt sie sich eine Antwort wünschte. Und statt ihn in den Arm zu nehmen oder ihn anzuflehen oder irgendeins von den zwei Trillionen anderen verrückten Dingen umzusetzen, die ihr gerade durch den Kopf purzelten, nickte sie einfach nur und ließ ihn gehen.

New York

Der letzte Auftritt war vorbei. Ryan stand am Geländer der Dachterrasse des Black Velvet und blickte über die Stadt.

Die City war überwältigend. Selbst der Teil, der ihm am Tag noch wie eine trostlose Betonwüste vorgekommen war, hatte sich mit dem Hereinbrechen der Dunkelheit in ein Meer aus magischem Schwarzblau verwandelt. Die goldgelb erleuchteten Fenster schimmerten darin als vergrößertes Spiegelbild der Sterne und unter ihm zog das rote Glühen der Autorücklichter seine Bahnen durch die Nacht.

Ständiges Rauschen, Krankenwagensirenen und etwas wie ein Schuss – vielleicht war es auch nur eine Fehlzündung. Die Stadt war laut, lebendig und trotz der Unruhe fühlten sich die Geräusche an wie eine ureigene Melodie. Durch den Rhythmus von Millionen Füßen war sie eingraviert in den Beton, ein Echo all der Menschen, die jeden Tag durch die Straßen hechteten, auf dem Weg durch ihr Leben – durch ihre eigene Geschichte.

Ryan versuchte, seine Gedanken zu ordnen. Klarheit in *seine* Geschichte zu bekommen.

Amy hatte Annäherungsversuche immer zurückgewiesen. Sie hatte Abstand gehalten und war unerreichbar gewesen. Gerade deshalb hatte er sich in ihrer Gegenwart sicher gefühlt. Es bestand keine Gefahr.

Aber als ihre Ablehnung aufgehört hatte, als sie angefangen hatte, sich zu öffnen, war genau diese Sicherheit einfach verpufft. Jeder Schritt, den sie auf ihn zugegangen war, hatte ihm Angst gemacht und ihn nur in dem Wunsch bestärkt, sofort in die andere Richtung davonzulaufen.

Und jetzt stand er hier, starrte in die Nacht und versuchte herauszufinden, was er fühlte und was er tun sollte.

Gerade, hatte er Mona und Chris von Amys Angebot erzählt. Jetzt schwebte die Melodie der Stadt als summendes Schweigen zwischen ihnen.

Mona war die Erste, die ihre Sprache wiederfand. »Nicht dein Ernst.« Sie starrte ihn ungläubig an.

»Doch.« Ryan reichte ihr den roten Flyer.

Heute: klassisch-moderne Musik mit Voice of Music *in den* 5 Books.

Dann kamen ein paar nähere Infos und weiter unten der eigentlich interessante Teil. Er hatte es selbst erst entdeckt, als Amy schon wieder fort gewesen war.

Mona blickte auf, nachdem sie fertiggelesen hatte. »Also ist sie doch keine Stalkerin?«

Er blickte über die Stadt. »Es sieht zumindest nicht danach aus.«

»Ach!«, sagte Mona und setzte ihren Hab-ich's-dir-doch-gesagt-Blick auf.

»Ich hab mich geirrt, okay?« Er drehte sich zu ihr um und schob die Hände in die Hosentaschen.

»Und dich dabei ziemlich bescheuert verhalten, oder?«

Er murmelte vor sich hin. Denn wenn diese Zeilen bedeuteten, was er glaubte … dann sollte er sich tatsächlich in Grund und Boden zu schämen. Ein Messer bohrte sich in sein Brustbein und riss eine klaffende Wunde in seine Lunge, bei dem Gedanken daran, wie sehr er sie verletzt haben musste.

»Wie bitte? Ich konnte dich nicht hören«, hakte Mona nach.

»Ja, du hast recht, ich war ein Arsch. Okay? Können wir jetzt das Thema wechseln?« Denn wenn er weiter darüber nachdachte, würde er sich übergeben.

»Nein, können wir nicht. Hast du vor, dich bei ihr zu entschuldigen?«

»Klar«, nuschelte er. »Aber das ändert doch nichts daran, dass ich sie verletzt habe. Ich hab's mir einfach gründlich versaut.«

»Wieso versaut? Himmel, sie schenkt dir ein Geschäft.«

»Und sie hat gesagt, dass wir uns nicht in die Quere kommen werden. Sie macht ihren Job, ich mache meinen, so wenig Berührungspunkte wie möglich.« Der Gedanke machte ihn krank und alles nur, weil ihn Mildrith einfach nicht losgelassen hatte.

»Magst du Amy denn?«

»Sicher.«

»Dann ist es egal, ob sie deine Gefühle erwidert.«

»Das weiß ich selber.« Die Entschuldigung war auf jeden Fall fällig. Aber leider machte Amys Reaktion darauf für ihn sehr wohl einen Unterschied – einen viel zu großen.

Bei dem Gedanken an ihr nächstes Gespräch drehte sich das Messer in seiner Brust herum und hinterließ ein faustgroßes Loch.

Er würde für den Rest seines Lebens mit ihr arbeiten? Immer dicht bei ihr, aber niemals richtig zusammen.

Das geschah ihm wohl recht. Vielleicht konnte er seinen Ausraster mit der Zeit ja wieder gutmachen und es gab eine Möglichkeit zumindest Freunde zu werden … irgendwie.

»Und was ist mit der Bezahlung?«, fragte Chris.

Ryan war es unbegreiflich, dass man jetzt über so etwas Profanes wie Geld nachdenken konnte. Er hatte sich vielleicht sein komplettes Leben versaut und Chris …

»Sag mal, Chris, hast du ihm eigentlich zugehört?«, fragte Mona.« Und Ryan wollte ihr schon danken, aber sie stieg auf das neue Thema ein. »Das würde bedeuten, dass wir ab jetzt in *New York* arbeiten. Regelmäßig! Wir können uns hier eine Wohnung suchen und Wurzeln schlagen. Mitten in der City. Das wäre der absolute Überhammer. Da ist die Bezahlung doch wohl absolute Nebensache.«

»Na ja,«, meinte Chris, »Irgendwie musst du deine ach so tolle Wohnung ja auch bezahlen.«

»Er wird Eigentümer von ‹nem verdammten Buchladen. Ich wette, da springt genug bei heraus, dass wir uns ‹ne Wohnung leisten können.« Ihr Kopf flog zu Ryan herum. »Oder?«

Es fiel ihm schwer, sich auf ihre Frage zu konzentrieren. Er zuckte mit den Schultern. »Ich hab keine Ahnung, was die Finanzen angeht. Aber zur allergrößten Not könnten wir fürs Erste sicher den Lagerraum umfunktionieren. Ich bin mir sicher, dass das unser geringstes Problem wäre.«

»Ach, und was wäre das größte?«, fragte Chris.

»Na, dass er sich seiner großen Liebe stellen muss«, fiel Mona ein.

»Sie ist nicht meine große Liebe«, sagte Ryan und ignorierte das klaffende Loch in seiner Mitte.

»Ach nein? Du kannst sie also auf den Tod nicht leiden? Ich verstehe. Dann interessiert es dich sicher nicht, dass sie in dich verknallt ist.«

»Sicher«, sagte er, mit dem ironischsten Unterton, den er hinbekam.

»Natürlich ist sie das. Warum sollte sie dir bitteschön sonst so ein Angebot machen?«

»Um den Laden am Leben zu halten? Sie hat selbst gesagt, dass es die Verkäufe angekurbelt hat.«

»Sicher. Dafür muss sie dir das Ding aber nicht schenken.«

»Sie ist eben ein ehrlicher Mensch.« Noch eine Sache, die seine tiefste Bewunderung verdiente und ihm seinen Verlust nur umso deutlicher machte.

»Ich denke, es gäbe etwa eine Trillion einfacherer Möglichkeiten, um den Laden in Schwung zu bringen.«

»Die da wären?«, fragte er.

»Hör mal, ich bin doch kein Buchladen-Berater. Ich singe. Ich mache mit meiner Stimme Musik. Und wenn mir jemand anbietet, dass ich das mitten in New York tun darf, dann versuche ich sicher nicht, Alternativlösungen zu finden. Dann singe ich dir ein himmelhochjauchzendes *Hallelujah*, verstanden?«

»Was sagst du dazu, Chris?«

Der zuckte mit den Achseln. »Ich bin da flexibel. Mein Cello lässt sich tragen und mein Laptop auch.«

»Na dann!« Mona sprang auf. »Das nenne ich doch mal ein absolut eindeutiges *New York, wir kommen*!«

Ryan rieb sich mit der Hand über den Nacken.

»Was?«, fragte Mona.

»Ich weiß nicht …«

»Du hast doch selbst gesagt, das wäre dein Traum.« Mona sah ihn herausfordernd an.

Und damit war sie im Recht. Aber er hatte es sich mit Amy gründlich verdorben. Und er fragte sich, ob es nicht ihr gegenüber fairer wäre, die Sache einfach abzublasen, ihr den Buchladen samt Café zu überlassen und wieder seiner Wege zu ziehen.

***

Den ganzen Tag hatte ihr Magen gesummt wie ein Bienenstock. Amy versuchte, sich so gut es ging abzulenken. Sie kaufte Cupcakes und Kaffee, brachte den Laden auf Vordermann, staubte sämtliche Regale ab und besorgte sogar eine Notfallkaffeemaschine. Obwohl sie ziemlich sicher war, dass Ryan darüber die Nase rümpfen würde … wenn er denn auftauchte.

Jetzt stand sie mit ihrer besten Freundin hinter dem Tresen und beobachtete, wie sich der Buchladen langsam füllte. Eigentlich ziemlich beachtlich, wenn man bedachte, dass sie die Flyer gestern erst gedruckt und verteilt hatte. Aber sie vermutete, dass Kathy und ihre Rundmail an den Buchclub da auch noch eine ziemlich große Rolle spielten.

Außerdem war offensichtlich, dass Misses Lewis ganz gewaltig die Werbetrommel gerührt hatte, wenn sie das wachsende Grüppchen richtig beurteilte, das sich gerade um die lachende Dame und ihren Schwiegervater scharte.

Kathy hatte Amy geholfen, die Stühle in hübschen Reihen auf das Klavier hin auszurichten. Das war gar nicht so einfach, mit den ganzen Regalen, die noch im Weg standen. Da würden sie sich für die Zukunft definitiv noch etwas Besseres einfallen lassen müssen.

Wenn es hierfür überhaupt eine Zukunft gab.

Amy blickte immer wieder aus dem Schaufenster und hoffte, Ryan und seine Band zu entdecken. Wenn sie nicht auftauchten, dann hatte sie tatsächlich ein ziemliches Problem. Das war natürlich der einzige Grund, weshalb sie aufgeregt war. Versuchte sie sich ziemlich erfolglos einzureden.

Um an etwas anderes zu denken, wandte sie sich an Kathy. »Ich bin dir so dankbar, dass du da bist. Keine Ahnung, was ich heute Abend ohne dich machen würde.«

»Als nervöses Wrack in der Ecke liegen?«, scherzte Kathy.

»Wahrscheinlich hast du damit sogar recht. Hört sich selbst jetzt irgendwie verlockend an.«

»Denkst du, er kommt?«, fragte ihre Freundin.

»Ich weiß es ehrlich gesagt nicht.« Amy drückte wieder ihre Hand, doch die Stelle zwischen Daumen und Zeigefinger war inzwischen schon halb taub geworden.

»Aber er muss doch irgendetwas gesagt haben.«

»Er hat behauptet, er muss erst mit seiner Band sprechen. Und das kann schließlich alles bedeuten.« Sie wippte auf die Zehenspitzen, um besser die Straße hinunter sehen zu können. Doch das nützte gar nichts.

»Ja, es kann zum Beispiel bedeuten, dass er erst mit seiner Band sprechen muss.« Kathy schüttelte den Kopf.

»Das. Oder, dass er absolut keinen Bock hat und mir das nur nicht ins Gesicht sagen wollte«, stellte Amy fest.

»Oder es heißt: *Ja, auf jeden Fall!*«

»*Das* hätte er mir wohl auch gleich sagen können, oder nicht?«

»Er ist ein Mann. Er hätte dir wahrscheinlich alles andere auch direkt gesagt. Ich denke, es heißt einfach nur, was es heißt.«

»Womit ich aber immer noch keine Antwort auf deine Frage habe, ob er denn jetzt kommt«, stellte Amy trocken fest.

»Stimmt. Otis, was meinst du?«

Der Kleine hatte es sich in seinem Körbchen neben dem Klavier gemütlich gemacht und beobachtete aufmerksam die wachsende Menge. Jetzt schielte er zu Kathy nach oben und schnaubte.

»Abwarten und Tee trinken?«, fragte Amy. »Würde ich auch sagen.«

»Und was machen wir mit den ganzen Leuten, wenn keiner kommt?«, fragte Kathy.

»Dann werde *ich* mich wohl ans Klavier setzen müssen.«

Kathy prustete los. »Um alle zu vergraulen?«

»Zumindest müssen wir dann niemandem erklären, warum es keinen Auftritt gibt.« Amy tat cool. Vor Kathy fiel ihr das irgendwie leicht … lockerzubleiben. Aber sie wusste, dass ihre Freundin sie durchschaute. In Wirklichkeit flatterte ihr Herz wie ein verwundeter Vogel in ihrer Brust. Immer wieder setzte er zum Flug an, wenn sie auch nur die Andeutung einer Silhouette auf dem Bürgersteig erahnte. Nur, um gleich danach eine satte Bruchlandung hinzulegen, weil es doch nicht Ryan gewesen war.

»Ich glaube, ich geh mal ein bisschen frische Luft schnappen«, sagte Amy und wusste selbst, dass es eine Ausrede war.

»Davon kommt er aber auch nicht schneller.«

Und Amy hörte ein kleines *Falls er überhaupt kommt* mitschwingen, obwohl Kathy das nicht laut ausgesprochen hatte.

»Aber ich kann die ganze Straße hinuntersehen und außerdem werde ich verrückt, wenn ich hier drinnen weiter auf der Stelle treten muss.« Sie schob sich eine Strähne hinter das Ohr und setzte sich in Bewegung.

»Wehe, du verdrückst dich. Dann verwandle ich den Buchladen in mein höchsteigenes Tattoostudio und ihr könnt alle gucken, wo ihr bleibt.«

»Wenigstens würde den Leuten dann nicht langweilig.« Amy grinste. Aber sie würde nicht abhauen. Wenn er nicht kam, dann würde sie die Suppe selber auslöffeln. Sie hatte noch keine genaue Vorstellung, wie das aussehen mochte, aber irgendetwas würde ihr schon einfallen. Hoffentlich.

Amy trat nach draußen. Die Blätter rauschten im Abendwind und sie rieb sich die Oberarme. Trotz der Strickjacke war es heute ziemlich frisch.

Sie blickte in alle Richtungen die Straße hinunter. Sie sah ein Pärchen, das verliebt turtelte, einen älteren Mann mit einer Einkaufstüte, drei Betrunkene, die sich sogar gegenseitig stützen mussten, um nicht umzukippen und eine Frau mit einem Krückstock.

Kein Ryan, keine Band.

War seine Abneigung gegen sie so groß, dass er seinen Traum lieber aufgab als ihre Gegenwart zu ertragen? Oder war der Kompromiss nicht gut genug? Hatte er ihr vielleicht nicht geglaubt?

Dabei hatte sie sich solche Mühe gegeben. Mit dem Flyer, mit Beatrice, mit allem.

War es zu viel verlangt, wenigstens aufzutauchen? Selbst, wenn er den Laden nicht übernehmen wollte, dann hätte er wenigstens kommen können, damit sie nicht wie der allerletzte Vollidiot dastand.

Okay, es war ihre eigene Schuld. Aber wenn er nicht kam, nicht mal für diesen Abend, dann war er einfach nur ein riesiger Blödmann und sie konnte froh sein, dass sie ihn nie wiedersehen musste.

Zumindest redete sie sich das ein. Erfolglos. Ihr Magen drehte sich bei dem Gedanken herum und sackte dann zwischen ihre Kniekehlen.

Die betrunkenen Typen kamen immer näher und das Pärchen war auf der anderen Straßenseite stehengeblieben, um sich ein Schaufenster anzusehen. Ihre Hand lag in seiner.

In Amys Hals bildete sich ein harter Klumpen. Danach hatte sie sich immer gesehnt. Sie hatte es sich nie erlaubt, aber immer gewünscht. Eine einfache, friedliche Beziehung.

Stattdessen hatte sie immer das Gegenteil bekommen. Ihr Blick fiel auf die besoffenen Kerle – so etwas wie die da.

Amy wartete nur darauf, dass sie nahe genug kamen, dann würde sie die gestammelten Worte hören, ihren süßlich bitteren Atem riechen. Wenn sich einer von denen auch noch vor die Ladentür übergab, dann wäre ihr Abend richtig perfekt.

Vielleicht sollte sie der Sache einfach ins Gesicht sehen. Er würde nicht kommen. Den Ryan, den sie gemocht hatte, der freundlich, zuvorkommend und einfühlsam war, den gab es wahrscheinlich gar nicht. Sondern nur den komischen Kerl, der sich aufregte, wenn sie nett zu ihm sein wollte und der ihr ohne triftigen Grund ins Gesicht explodierte.

Amy atmete tief durch. Sie musste wohl oder übel hineingehen und es den Leuten sagen. Was das für ihren Ruf und den des Buchladens bedeutete, durfte sie sich nicht einmal ausmalen. Sonst würde sie wahrscheinlich einfach hier zusammenbrechen.

Aber wenigstens hatte sie versucht, das Richtige zu tun.

Ryan

Amy warf einen letzten Blick die Straße hinunter, aber bis auf die betrunkenen Kerle war niemand mehr zu sehen. Sie wappnete sich für die Reaktionen ihrer Gäste. Da bemerkte sie, dass einer der Betrunkenen einen Rock trug.

Eine Frau?

Und dann erkannte sie plötzlich … die Höllenmaschine. Das waren keine Betrunkenen, das waren Ryan, Chris und Mona, die gemeinsam die Kaffeemaschine transportierten und Chris hatte auch noch sein Cello auf den Rücken geschnallt.

Erleichterung flutete wie eine kühle Brise durch ihre Brust, füllte ihren Bauch und trieb ein Lächeln in ihr Gesicht.

Sie war gerettet. Sie musste niemanden ohne Konzert nach Hause schicken. Ein warmes Glühen summte in ihrer Mitte. Ryan war tatsächlich gekommen.

Schwer atmend blieben die drei vor ihr stehen.

»Hi«, sagte Ryan. »Sie haben die *Voice of Music* bestellt?« Er grinste schief.

Sie nickte und versuchte, dabei nicht zu überschwänglich zu wirken. Schließlich wollte sie ihn nicht gleich wieder in die Flucht schlagen. »Aber warum schleppt ihr denn das Riesending durch die Gegend? Wo ist dein Koffer?«

Mona verdrehte die Augen. »Unser Herkules hier hatte es zu eilig und ein Rad ist abgebrochen.«

»Das Ding war alt, okay?«, sagte Ryan. »Könntet ihr die Maschine vielleicht schon einmal reintragen?« Dabei machte er eine merkwürdige Geste mit dem Kopf, die aussah, als ob er Zuckungen hätte, aber offensichtlich bedeuten sollte, dass er allein mit Amy sprechen wollte.

Chris ging fast in die Knie, als Ryan losließ.

Mona warf Amy im Vorbeigehen einen vielsagenden Blick zu. Dummerweise hatte Amy nicht die geringste Ahnung, was er bedeuten sollte.

Ryan blieb vor ihr stehen und kratzte sich am Hinterkopf. Er sah aus, als wüsste er nicht, was er sagen sollte.

Deshalb half sie ihm aus der Klemme. »Danke, dass du gekommen bist«, sagte sie und lächelte ein ehrliches Lächeln.

»Das Angebot war einfach zu gut. Mona hätte mich sicher gelyncht, wenn ich es nicht angenommen hätte.«

Natürlich, das war nicht seine Entscheidung gewesen. »Es ist auf jeden Fall super, dass ihr hier seid. Damit hast du mich echt gerettet.« Sie lächelte wieder und bemerkte, dass man das durchaus falsch verstehen konnte, deshalb fügte sie schnell hinzu. »Natürlich bleibt die Verabredung bestehen. Ich mache meinen Job, du deinen. Ein geregeltes Arbeitsverhältnis, ohne Verpflichtungen … wie es sich gehört.« Ihr Herz klopfte ihr bis in den Hals hinauf und Ryan sah aus, als hätte sie ihn geohrfeigt. Was war jetzt wieder los?

»Es tut mir ehrlich leid«, setzte er an. »Wie ich letztens reagiert habe, meine ich. Als du vor dem Lagerraum gestanden hast. Da habe ich komplett überreagiert und mich verhalten wie der letzte Arsch.«

Das konnte er allerdings laut sagen.

»Kein Ding.« Sie machte eine wegwerfende Handbewegung, dabei bedeutete es ihr wirklich viel, dass er es ausgesprochen hatte. Aber sie wollte nicht aufdringlich wirken.

»Nein … nein, es ist nicht okay.« Er machte einen halben Schritt auf sie zu und hob die Hand, als wollte er nach ihrer greifen, nur um den Arm gleich wieder sinken zu lassen. »Du hast dich geöffnet und ich … bin weggelaufen … zweimal. Es tut mir leid und ich denke, du hast das Recht zu erfahren, warum.«

»Wegen Mildrith«, sagte Amy. »Deiner Ex.« Sie hatte zwar keine Ahnung, was es mit dieser Frau auf sich hatte. Aber es war ganz offensichtlich, dass sein Verhalten irgendwie mit ihr zusammenhing.

»Du musst mir nichts erklären. Du schuldest mir gar nichts«, sagte sie.

»Natürlich schulde ich dir was. Ich schulde dir alles. Ich schulde dir meinen Traum und …« Er atmete tief durch. »Vielleicht sollte ich damit anfangen, wer Mildrith war.«

Sein Gesicht war kreidebleich, sein Atem ging flach und die Hände hatte er zu Fäusten geballt. Amys gesamter Körper drängte sie dazu, einen halben Schritt nach vorne zu machen, die Entfernung zu schließen und ihn in die Arme zu nehmen, aber sie riss sich zusammen und blieb ganz ruhig stehen.

Ryan lächelte gequält. »Sie war mein erster Fan«

Amy blinzelte verwirrt und spürte das Problem, bevor sie es artikulieren konnte. »War?«, fragte sie schließlich.

Ryan schloss kurz die Augen und sie konnte sehen, wie schwer es ihm fiel, darüber zu sprechen. »Es gibt unsere Band schon ziemlich lange. In der Highschool haben wir angefangen, zusammen Musik zu machen. Damals kannte uns natürlich noch niemand. Mildrith war einer unserer ersten Fans, um genau zu sein, *mein* erster Fan.« Er schluckte und schob die Hände in die Hosentaschen, bevor er fortfuhr. »Am Anfang hab ich mich geschmeichelt gefühlt, sie war nett und wir haben sogar mal ein Eis zusammen gegessen, als wir uns zufällig in der Stadt getroffen haben … zumindest habe ich damals geglaubt, dass es ein Zufall war. Aber danach fingen diese Zufälle an, sich zu häufen und irgendwann hat sie dann begonnen, mir Briefe zu schreiben.«

Ein Fan, der sich verliebte? So weit kein Problem, oder?

Er fuhr sich mit einer Hand durchs Haar. »Ich hab mir Mühe gegeben und ihr so nett wie möglich erklärt, dass ich *so* nicht für sie empfinde. Sie hat mir nicht geglaubt. Ihre Briefe wurden nur länger. Sie hat gesagt, dass sie versteht, dass ich mich in der Öffentlichkeit nicht mit ihr zeigen könnte, weil das die anderen Fans enttäuschen würde, dass sie mich trotzdem liebt, dass wir uns heimlich treffen können.« Ryan atmete tief und schob die Hände unter die Achseln. »Ich hab mich ehrlich bemüht und ein paar Mal mit ihr gesprochen. Aber jedes Mal hat sie ein Manöver dahinter vermutet. Einmal um meine Band zu überzeugen, dann meine Fans … es war nervenaufreibend, aber es war erträglich. Bis sie angefangen hat, mich zu verfolgen.« Er lächelte gequält. »Sie hat mich in Einkaufszentren aufgestöbert, nach den Proben auf mich gewartet, mir vor meiner Wohnung aufgelauert und mich ständig angerufen. Wenn ich dran gegangen bin, hat sie aber häufig nur in den Hörer geatmet. Vielleicht weil sie wusste, dass ich eigentlich nicht mit ihr sprechen wollte. Irgendwann habe ich sie dann völlig ignoriert, weil ich mir sonst nicht mehr zu helfen wusste. Da hat sie mir einen Brief geschrieben, in dem sie mir angedroht hat, dass sie sich umbringt, wenn ich mich nicht sofort bei ihr melde.« Er starrte schweigend die Straße hinunter und Amy hielt den Atem an. Sämtliche Luft schien aus ihrer Lunge herausgepresst und drückte von außen auf ihre Brust.

»Ich hab es nicht ernst genommen«, flüsterte er. »Und am nächsten Tag ist sie mit aufgeschnittenen Armen ins Krankenhaus gekommen.«

Amy schluckte. Sie wollte etwas sagen, irgendwie reagieren, aber der Impuls, ihn einfach in die Arme zu nehmen war zu überwältigend. Sie befürchtete, schwach zu werden, trotzdem konnte sie unmöglich schweigen.

Also hielt sie sich kurz. »Und jetzt?« Ihre Stimme klang gepresst.

Er musste sich räuspern. »Ich bin zu ihr gegangen, hab mit ihr gesprochen, ihr noch einmal erklärt, dass das nicht funktionieren kann und sie hat es verstanden. Sie hat gelächelt und genickt und nachdem ich gegangen war, hat sie es noch einmal getan. Diesmal war sie gründlicher … sie ist tot.« Seine Stimme klang roh und zerbrechlich.

Amys Herz setzte einen Schlag aus.

»Sie war tot, bevor ich zu Hause ankam. Ich …« Ryans Augen glitzerten feucht.

Amy konnte es nicht glauben, das war einfach unfassbar. All das … all das war Mildrith?

»Ich …«, setzte er noch einmal an. »Sie ist wegen mir gestorben.« Seine Stimme brach endgültig und damit auch Amys Herz. Ohne über die Konsequenzen nachzudenken, trat sie einen Schritt nach vorn und schloss ihre Arme um seine Mitte. »Es war doch nicht deine Schuld.«

Einen Augenblick stand er völlig still, dann lachte er, heiser und kalt und Amy ließ ihn wieder los.

»Ach, wirklich nicht?«, fragte er. »Es hat sich aber sehr danach angefühlt …« Verstohlen wischte er sich mit dem Handrücken durch das Auge. »Immer, wenn ich jetzt eine junge Frau mit langen roten Haaren sehe …« Er rieb sich über den Oberarm. »Dann bekomme ich ein komisches Gefühl … selbst heute noch. Ich weiß, das ist verrückt aber …« Er sah ihr in die Augen. »Das war auch der Grund, warum ich im Bryant Park so komisch reagiert habe …«

»Du dachtest, du hast sie gesehen?« Keine Freundin, keine Ex, sondern einen Geist.

»Und gestern Morgen … erst hast du mir deine Seele ausgeschüttet, dann hast du mir Geschenke gebracht und als nächstes stehst du schweigend vor meiner Tür … es war einfach zu viel, es war wieder wie damals. Ich hatte solche Angst, dass sich diese Geschichte – meine Geschichte – wiederholen könnte.«

Weil er sie nicht liebte.

Eine Eisschicht zog sich über ihren gesamten Körper. Weil er sie nicht liebte, nie etwas anderes empfunden hatte als körperliche Anziehung. Natürlich. Er hatte Angst gehabt, dass sie mit seiner Ablehnung nicht fertig werden würde – wie Mildrith.

»Ich konnte das nicht noch einmal ertragen.« Er schluckte. »Und als du dann vor Beatrice auch noch deinen Traum für mich aufgegeben hast, da hab ich gedacht, dass es der endgültige Beweis wäre, dass ich eine neue Mildrith vor mir habe. Es tut mir wirklich so leid.«

Aber wieso war er dann hier? Wenn er das immer noch glaubte, wäre er dann gekommen? Sicher nicht. Sie räusperte sich. »Und was hat dich vom Gegenteil überzeugt?«

Er fuhr sich verlegen durchs Haar. »Mona hat mir ganz schön ordentlich den Kopf gewaschen. Aber das hier hat den eigentlichen Ausschlag gegeben.« Er zog den roten Flyer aus der Hosentasche.

Amys Puls beschleunigte auf die doppelte Geschwindigkeit. War diese Aktion nicht der ultimative Beweis, dass sie doch eine Mildrith war? Hatte sie ihm damit nicht die Pistole auf dir Brust gesetzt? Ihn gezwungen, zu ihr zurückzukommen? Natürlich hatte sie das überhaupt nicht so gemeint. Aber musste es aus seiner Perspektive nicht so gewirkt haben?

Amys Hals fühlte sich geschwollen an, er war so eng, dass ihr das Schlucken wehtat.

»Hier.« Er tippte auf eine klein gedruckte Zeile am unteren Ende des Blattes. »Ein Hinweis auf den Buchclub und eine Lesung am nächsten Wochenende.«

Sie sah ihn verständnislos an. »Das hab ich doch nur hingeschrieben, für den Fall, dass ihr nicht auftaucht, damit die Leute wissen, dass es weitergeht, dass noch mehr geplant ist. Und, damit die Flyer wenigstens für irgendetwas gut sind, falls jemand sie morgen erst findet.«

»Eben. Das ist es ja.«

Amy legte den Kopf zur Seite.

»Du hast für *später* geplant. Für dich gab es ein Morgen. Ich war nicht so wichtig. Also, offensichtlich wichtig genug, um mit Beatrice zu sprechen und ... für das hier eben« Er deutete nach drinnen. »Aber nicht wichtig genug, um dir wegen mir das Leben zu nehmen. Ich weiß, das klingt vielleicht völlig verrückt. Aber ich mag das an einem Menschen. Also, dass er lebt, meine ich und auch dann bereit ist weiterzumachen, wenn die Dinge schlecht aussehen. Und ich dachte ... vielleicht kannst du mir ja irgendwann vergeben, dass ich so ein Vollidiot war und dann können wir ja vielleicht doch noch Freunde werden.«

Freunde?

Ihre Schultern sackten nach unten.

Sie sollte singen vor Freude. Denn schließlich hatte sie alles bekommen, was sie wollte, oder? Er würde bleiben, er würde mit ihr arbeiten, er wollte sogar mit ihr befreundet sein.

Ein perfekter Ausgang, das beste Ende, auf das sie hatte hoffen können.

»Freunde.« Sie nickte und versuchte ein Lächeln, das nicht funktionierte.

Berührung

Ryan starrte auf die Hand, die sie ihm mit einem unglücklichen Lächeln entgegenhielt. Und er griff danach.

Ihre Finger lagen weich in seinen, die drei Herzschläge, die ein normaler Handschlag dauerte, verstrichen. Aber er ließ sie nicht los.

Er konnte nicht.

Freunde.

Er hatte es selbst vorgeschlagen. Und jetzt standen sie hier, verbunden und doch für immer getrennt.

»Ich möchte nicht befreundet sein«, sagte sie und sah ihm dabei feste in die Augen. Aber ihre Finger zitterten.

Und ganz einfach so öffnete sich unter ihm der Erdboden und er wurde in endlose, schwarze Tiefe gerissen.

Natürlich wollte sie nicht befreundet sein. Wer wollte das schon? Mit einem Mann, der nicht mal Schokolade geschenkt bekommen konnte, ohne durchzudrehen.

»Es tut mir leid, aber ich kann das nicht.« Ihre Stimme war heiser.

Natürlich, das war in Ordnung, er musste es annehmen. Aber trotzdem schnitten ihm diese Worte tief ins Fleisch und rissen ihn entzwei.

»Ich … ich liebe dich«, sagte sie und Ryans Herz hörte auf zu schlagen.

»Ich liebe dich und ich kann nicht jeden Tag vor dir stehen und das Gegenteil behaupten.« Eine Träne lief ihr über die Wange. »Ich weiß, dass du das nicht hören willst und ich weiß, dass dir das vielleicht Angst macht. Ich ... ich verspreche, ich werde mich nicht umbringen. Aber ich kann einfach nicht behaupten, dass es anders wäre, ich würde ... ich könnte ... das wäre ...«

Das Blut rauschte so laut in seinen Ohren, dass er kein Wort mehr von dem verstand, was sie sagte. Sie liebte ihn? Sein Herz hatte wieder eingesetzt und klopfte jetzt so schnell, dass es drohte zu zerspringen. Sie liebte ihn? Seine Brust war so heiß, dass er das Gefühl hatte zu verglühen. Sie liebte ihn!

Seine Finger schlossen sich fester um ihre und er zog sie an sich.

* * *

Sie hatte nicht länger schweigen können. Das war unmöglich. Sie wusste, dass sie damit alles aufs Spiel setzte. Es war genau das, was er sicher *nicht* hören wollte, das was er am meisten fürchtete. Aber zum ersten Mal in ihrem Leben gab es etwas in ihr: dieses merkwürdige, überwältigende Gefühl, das mit solcher Gewalt nach außen drängte, dass sie es einfach nicht wegsperren konnte.

Also hatte sie es wieder getan, sie hatte ihre Seele geöffnet und sich verwundbar gemacht, während ihre Hand in seiner lag und seine Wärme der einzige Anker war, der sie auf den Beinen hielt.

Als er zog, stolperte sie sofort gegen seine Brust. Seine Arme schlossen sich um ihren Rücken, sein Gesicht kam ihrem ganz nah und seine Augen suchten in ihren nach einer Antwort. Er öffnete den Mund, als wollte er etwas sagen, aber es kam kein Ton heraus. Er schloss ihn wieder. Und sie wusste, dass es vorbei war.

Sie befürchtete, dass, was auch immer sie gerade noch gehabt hatten, jetzt kaputtgegangen war, zerbrochen ... aber er hielt sie im Arm, er hielt sie doch fest, er ...

Und dann legten sich seine Lippen plötzlich auf ihre.

Weich und zärtlich glühend vibrierte eine Sonne in ihrer Mitte, strahlte heiß und wohlig hell in jeden noch so kleinen Winkel ihrer Seele. Sie legte ihre freie Hand auf seine Brust, und spürte seinen Herzschlag unter ihren Fingern rasen.

Er löste seine Lippen, zog sie nur noch dichter an sich, grub sein Gesicht tief in ihr Haar und flüsterte ganz leise: »Ich liebe dich auch.«

Geöffnet

Wie fast jeden Morgen in den vergangenen sechs Jahren schob Amy den Schlüssel in das Schloss der feuerroten Türe. Sie legte die Finger auf das kühle Metall der Klinke und öffnete den Laden.

Ein schwacher Luftzug trug ihr den Geruch von Büchern entgegen. Das staubige Rauchgrau von alten Seiten, die schon von vielen hundert Händen umgeblättert worden waren. Das frische Schneeweiß von gerade ausgepackten Neuerscheinungen. Das würzige Erdschwarz der Tinte von aus dem Druck gegangenen Exemplaren. All diese Aromen mischten sich zu dem heimelig, samtigen Duft eines gerade aufgeschlossenen Buchladens und wurden begleitet von dem sanften Bimmeln der kleinen Türglocke.

Wie jedes Mal durchlief sie ein leiser Schauer, der auf ihrer Kopfhaut begann, ihre Arme hinunterkitzelte und erst in ihren Zehenspitzen endete.

Otis Stummelschwanz wedelte in der Höhe ihrer Wade, er wollte schnell hinein. Ryan hockte sich neben der kleinen Dogge hin und löste seine Leine. Mit einem fröhlichen *Wuff* sprang der kleine Kerl los, schlabberte aus seinem Wassernapf und kuschelte sich dann in sein Körbchen direkt neben dem alten Klavier.

Amy drehte lächelnd das Schild an der Eingangstür auf *geöffnet*. Ryan legte ihr die Hand auf die Schulter, küsste ihre Wange und ging zum neuen Kühlschrank unter dem Tresen, um die Milch für den ersten Kaffee des Tages herauszuholen.

»Hatte ich dir eigentlich gesagt, dass Chris die App doch nicht entwickelt?«, fragte er, während er die Bohnen in das Mahlwerk kippte.«

»Wieso? Zu kompliziert?« Amy stellte ihren Rucksack ab und zog das Hundefutter heraus.

»Nein, aber gibt es schon. Chris meint, jeder größere Online-Buchladen, der etwas auf sich hält, bietet genau so etwas an. Du schaltest die Kamera ein, scannst den Barcode auf dem Buchrücken und schon kannst du das passende E-Book auswählen. Nicht unbedingt ein Gewinn für dich, aber dafür ein zufriedener Kunde.«

Amy dachte darüber nach, bis das Pulver fertig gemahlen war und wieder Ruhe herrschte. »Hm. Ich müsste mich natürlich ein bisschen schlau machen, welche E-Books es wo zu kaufen gibt. Aber vielleicht könnten wir damit tatsächlich ein paar neue Kunden gewinnen. Eine E-Bookberatung. Vielleicht sollte ich ein Schild draußen aufstellen.« Sie gab Otis sein Frühstück, der sich sofort darauf stürzte.

»Genau. Und mit ein bisschen Glück trinken sie dann einen Kaffee, während sie ihr E-Book lesen oder finden doch noch Geschmack an dem Duft von Büchern.« Seine Augen funkelten verschmitzt.

»Genau. Hauptsache, sie sind am Ende zufrieden.« Amy konnte immer noch nicht fassen, was für ein Glück sie hatte. Sogar mit Beatrice hatte er sich mittlerweile vertragen. »Hast du eigentlich mit deiner Mutter gesprochen?«

Er grummelte vor sich hin.

»Bitte?«, hakte sie nach. Sie wusste, wie unangenehm ihm die Sache war.

»Ja, ich hab mit ihr gesprochen, ich fahre nächstes Wochenende hin. Und sie hat Beatrice eingeladen, mitzukommen.«

»Das ist doch super.«

»Ich weiß nicht, meinst du, sie schafft das schon? Sie ist doch gerade erst entlassen worden.«

»Sicher schaffe ich das«, schnarrte Beatrice' Stimme von der Hintertür her. »Du glaubst gar nicht, wie viel Kraft noch in diesen alten Knochen steckt.«

»Hoffentlich schlagt ihr euch nicht die Köpfe ein«, brummte Ryan, ganz leise.

»Das hab ich gehört«, schnappte Beatrice. »Ich sehe zwar nicht mehr viel, aber meine Ohren funktionieren noch hervorragend. Und keine Bange, ich werde mich zusammenreißen. Irgendwie bekommen wir das alles schon hin.«

»Mona und Chris kommen übrigens gleich vorbei«, sagte Ryan. Sie wollen dich endlich kennenlernen.«

»Sehr gut. Ich bin ja schon gespannt, was ihr Kinder für Musik macht.«

»Kinder ...?«, setzte Ryan an.

Amy knuffte ihm in die Seite. »Lass sie doch.«

»Wenn du erst einmal so alt bist wie ich, wird dir klar, dass alle Menschen Kinder sind, unabhängig vom Alter. Apropos, wer will ein Zimtbrötchen zu seinem Kaffee?«

»Ich!«, rief Amy und lief rosa an, als Ryan über ihren Enthusiasmus lächelte. »Was?«, fragte sie.

»Es wird Zeit, dass wir hier unten einen Ofen bekommen, dann lerne ich selber welche zu backen«, sagte Ryan und lächelte sein extra sexy Lächeln.

Amys Herz schmolz zu einer honigsüßen Pfütze. »Das klingt himmlisch«, summte sie, beugte sich über den Tresen und küsste ihn.

»Ihr könnt ja wenigstens warten, bis ich aus dem Zimmer bin«, sagte Beatrice und war schon halb draußen.

Ryan lachte, grub seine Finger in Amys Haar und zog sie dicht an sich. »Ich liebe dich, weißt du das?«

»Und wie«, antwortete Amy, schloss die Augen und legte ihre Lippen auf seine.

Möchtest du mehr?

Kostenlos: Als Leser erhältst du exklusiven Zugang zu: *Otis*. Melde dich mit dem nachfolgenden Bonus-Code auf der darunter stehenden Website an. Nach der Anmeldung und Bestätigung erhältst du eine E-Mail mit deinem Download-Link.

Bonus-Code:

551-734-891

Gib den Code auf dieser Website ein:

www.jvellguth.de/otisanfang

#FolgeDeinemHerzen

Sommerliebe in New York – Jung, engagiert und auf dem besten Weg, eine erfolgreiche New Yorker Tierärztin zu werden, hat Sara beschlossen, ihrer besten Freundin das ultimative Geburtstagsgeschenk zu machen.

Die Sache hat dummerweise einen Haken – als Gegenleistung muss sie sich auf ein Date mit dem berühmten Vlogger und Frauenheld BigJake einlassen. Was für andere der Hauptgewinn wäre, ist für Sara ein Stelldichein mit ihrer größten Angst.

Was steckt hinter ihren Gefühlen und kann sie nach der Begegnung mit Jake tatsächlich einfach weitermachen wie bisher?

Eine moderne Sommer-Romanze mit quirligen Vierbeinern, Cupcakes im Central Park und einem legendären Sonnyboy – Liebe inbegriffen.

Ein magischer Sommer

Gibt es für die erste Liebe eine zweite Chance?

Ethan hat seinen großen Traum verwirklicht und arbeitet als Show-Magier in Las Vegas. Aber in letzter Zeit bleiben die Stühle leer. Als dann sein Vater stirbt, muss er zurück in sein Heimatdorf, wo er nicht nur mit seiner Vergangenheit, sondern auch mit seiner ersten großen Liebe konfrontiert wird.

Ausgerechnet Haley muss ihn zurückholen, dabei ist es das Letzte, was sie will. Denn Ethan hat sie schon einmal verlassen und sie kann nicht glauben, dass er sich geändert hat. Aber ihr bleibt keine andere Wahl, denn als Erbe des größten Arbeitgebers in dem 300-Seelendorf ist er der Einzige, der die Zukunft ihrer Heimat retten kann.

Eine romantische Liebesgeschichte über die Magie, das Leben und eine zweite Chance.

Über die Autorin:

Erst, wenn der Leser mitten in die Geschichte taucht, unter die Haut der Charaktere schlüpft und auf der äußersten Stuhlkante sitzt, um herauszufinden, wie es gleich weitergeht, ist sie wirklich zufrieden. Jacqueline Vellguth schreibt schon seit ihrer Teenagerzeit und fühlt sich dabei in modernen Liebesgeschichten genauso zu Hause wie in Märchen, Superhelden-Romanen oder Urban-Fantasy-Abenteuern. Heute wohnt sie mit ihrem Mann und zwei Kindern in der Nähe von Köln. Wenn sie nicht gerade schreibt, denkt sie über ihre Geschichten nach, geht im Schlosspark spazieren, backt Tassenkuchen oder macht die umliegenden Spielplätze unsicher – am liebsten geht sie rutschen – mit ihren Kindern, natürlich.

Für Leseproben und noch viel mehr:

www.jvellguth.de

15641464R00130

Printed in Poland
by Amazon Fulfillment
Poland Sp. z o.o., Wrocław